小学館文庫

空に牡丹

大島真寿美

JN153772

小学館

―目次―

空に牡丹

静助《せいすけ》さん、というご先祖さまについて、わたしが初めて耳にしたのは、いつだったか。

遥《はる》か昔。

祖父の葬式か、あるいは誰かの法事か。

江戸時代からつづく丹賀宇多《にかうだ》村の名主《なぬし》で、大きな地主の家に生まれた静助さん。彼について語る時、誰もが、少し呆《あき》れたような、もしくは苦笑いのような、いささか複雑な表情をしてみせる。困った人、とため息をつく人もいたし、沈黙したまま、ただ首を横に振る人もいた。そのくせ、一様に、静助さん、静助さんと、親しみを込めて子供のわたしに話すのだ。

我が一族の者は、なぜだか皆、親類縁者の顔を見ると、静助さんの話をしたくなるようなのだった。そのせいか、静助さんの話は盛りだくさんに伝わっている。

明治になる少し前に生まれた人なので、彼を直接知っている人はいないはずなのに、この近しさはどうだろう。

偉人でも賢人でもない。

凡人だ。

見ようによっては凡人以下だ。

それなのに、静助さんの話だけ、妙に鮮明に伝わっているのだからおかしな話だ。きっと語り継がれているうちに、誇張され、脚色されてもいるだろう。嘘《うそ》もそこかしこにまじっていそうだが、ともかく、功成り名を遂げた人物（そういう人物だって、我が一族にいないわけではなかった）ではなく、静助さんについてここまで詳しく語り継いできたのはなぜなのか。

まあ、どうでもいいといえばどうでもいいことだ。

静助さんなんて。

そう思って長らく忘れていたのではあったが。

いったいどうしたことか、近年、わたしまでもが語りたくてたまらなくなってしまったのである。静助さんについて。

これが年を取るということなのか。

それともやはりわたしにもこの一族の血が流れていたということか。ふつふつと湧《わ》き起こる、静助さんについて語りたいというこの欲求！　もう我慢できない！　材料はたっぷりあるのだし、どうせなら書いてしまおう。物語にしてしまおう。

彼について書いてもいいだろうか、という迷いや逡巡《しゅんじゅん》は微塵《みじん》もなかった。いいに決まってる。

なんたって静助さんの話だ。

誰が文句を言うものか。

実在の人物ゆえの、不都合な点を適度にぼかし、周辺の誰にも迷惑がかからないようにすればよい。

一応、一族の長《おさ》たる大叔父にだけ、許可を取った。齢《よわい》百を超した大叔父は快諾した後、もっと早く書いてくれたらよかったのに、とつぶやいた。死ぬ前に読みたかったよ、残念だよ。もう少し生きていたらよかったなあ。大叔父は、自分がすでに死んでしまったように寂しげにそう嘆くので、あなたはまだ生きてますよ、と教えてあげたら驚いていた。じゃあ、静助さんも生きているのか。

いやいや静助さんは死んでますよ、そう言いかけて戸惑った。そうだっけ？
はたして、そんなわけで、この〝物語〟は書かれることとなった。
そう。だから、これは、〝物語〟である。

時は明治――。

一

高台の城跡に学校が出来るのだという。

城跡、といっても、天守閣を持つようなああいう大仰《おおぎょう》な城の跡ではなく、徳川の御代《みよ》よりもっと前、乱世の頃の、砦《とりで》に毛が生えたような小さな城（らしきもの）の跡だ。朽ちて久しく、人々に見向きもされなくなっていた場所ではあったが、そこに、明治の新政府が、寄付を募りつつ、新しく立派な学舎《まなびや》を建てるのだという。

それゆえ、近在《きんざい》の寺子屋で学んでいる者は、ゆくゆくはそちらで学ぶようにとのお達しがあった。

城跡っていうと、あそこだな、と静助は思う。

正月に、兄の欣市《きんいち》と凧揚《たこあ》げをした場所だ。

風の具合がちょうど良い、と欣市がしきりにすすめるので、わざわざ凧を担いで寒風のなか、二人で坂を上って行ったのだった。

あちらこちらに大きな石が突き刺さったようになっているその荒れ地で、眼下の丹賀宇多村を眺めながら、静助は欣市に助けられて凧を揚げた。

青い空に白い凧が浮かんで、すがすがしかった。

うん、そうだ、じょうずじゃないか、と欣市が言う。もうおまえ一人で揚げられるよ。

それが別れの言葉だと知っていたから、静助は聞こえぬふりをして、夢中で糸を引っぱった。不意打ちの強風に凧を取られぬよう、小走りになって静助は動く。

凧は大きく傾《かし》ぎ、またまっすぐになり、空を泳いだ。右へ動こうが、左に動こうが、空には邪魔するものがない。静助を邪魔するものもまたなかった。

やがて欣市の凧より、静助の凧がぐんと上になった。

ほぼ一回り年の離れた欣市は、東京の私塾に通うため、その数日後、家を離れた。


「なあ、せいちゃん。寺子屋はどうなるんだろうか」

心配そうに了吉《りょうきち》が訊《き》く。「なくなるんだろうか」

「さあ、どうだろうか」

と静助は首を捻《ひね》る。そんなこと、静助にだって、わかりゃしない。

「城跡に出来る学校とやらより、向陽《こうよう》先生に教わる方がいいのだがなあ」

了吉はむにゃむにゃとつぶやきながら鼻の下を掻《か》いた。

向陽先生は、浄心寺《じょうしんじ》の離れに住む儒学者で、二人は向陽先生が開いた寺子屋で共に学んでいる。

一年ほど前に開かれた新しい寺子屋である。

村の子供たちは、先《せん》からある寺子屋にすでに通っていたので、向陽先生のもとへ通いだしたのは、まだどこへも通っていなかった、静助たちのような小さな子供ばかり、六、七人。大きい子もいないし、乱暴な子もいないし、向陽先生はそう厳しくないし、和気藹々《わきあいあい》、すこぶる居心地のいい寺子屋なのであった。

隅の席には、たいてい向陽先生の孫の琴音《ことね》がちょこんとすわって共に勉学に勤《いそ》しんでいた。

琴音は学問が好きらしい。字もじょうずに書くし、素読《そどく》の時の声も大きく、淀《よど》みがない。向陽先生の孫だけあって、もともと賢い子なのだろう。もしかしたら、寺子屋で習う誰よりも賢いのかもしれない。しかしながら、琴音の背には妹の萩《はぎ》が負ぶわれていて(あるいは脇に寝かされていて)、萩が目覚めて愚図《ぐず》りだすと、琴音はあやしながら、外へ出ていかねばならないのだった。そのため、すっかり後れをとってしまう。

静助と了吉、それから琴音は同じ年の生まれ。萩は六つ下。

琴音と萩の父は戊辰《ぼしん》戦争の折の傷がもとで亡くなり、それからすぐ、萩を産み落としたばかりの母も亡くなり、祖父の向陽先生が二人を育てざるをえなくなった。乳飲み子《ちのご》を抱えて困った向陽先生は、万策尽きて、古い知り合いだった住職を頼り、この村へやって来たのである。それからすぐに、寺子屋が開かれた。

「学校とはどういうものだろうか」

と了吉が問う。「寺子屋とはちがうんだろうか」

「ちがう気がする」

と静助は答えた。

欣市がわざわざ東京まで行ったのは、東京の〝寺子屋〟で学ぶためではない。私塾というのは、おそらく学校のようなものだろう。

「つまりは西洋式じゃな」

了吉が言った。

きっとそうなのだろうと静助も思う。

「今は西洋式が大流行じゃな」

了吉は声をいくらか大きくした。「そんなら、やっぱり、わしらも学校か。学校へ行くんか」

「しかしなんでそんなものをわざわざ作るんだろうなあ」

静助は小さく抵抗してみる。「寺子屋でいかんのだろうか」

了吉が、少しだけ考え、

「いかんのだろう」

と答えた。

「なんで」

「ご一新《いっしん》だからだ」

厳《おごそ》かな了吉の声。

ご一新。

またそれか、と静助は思う。

なにかというとご一新のひと言で済ませられる世の中なのである。

ご一新のせいにすれば、すべてが丸く収まってしまう。

静助にはそれがどうにも納得できなかった。

ご一新とは何なのだ？

物心ついた時には、とっくにご一新された後の世だったから、静助にとって、いったい〝何が〟、〝どう〟一新されたのか、よくわからない。

向陽先生のところで学ぶようになって、黒船のことだの、異国のことだの、開国のことだの、わずかばかりの知識は得たが、得たからといって、それだけでは、ご一新の正体は摑《つか》めやしなかった。わかったような気はしても、やっぱりなにもわかりゃしない。静助はなにしろ、まだうんと子供だったのである。

ご一新のせいで学校が出来、学校が出来るからには寺子屋は用なしになり、すると静助たちは浄心寺の離れへ通えなくなる。とんだ迷惑、としか思えなかった。

「あすこの城跡へ通うんなら、浄心寺の裏の林では遊べなくなるなあ」

静助が言うと、そうだなあ、と了吉が返す。

城跡は、浄心寺とはまるきり方角が違っていて、そのうえ浄心寺より遠かった。道の勾配《こうばい》はきついし、あのあたりの林はかなり荒れているので、遊ぶにはまったくもって不向きなのである。

「なあ、せいちゃん。学校というところには恐ろしい先生がいるのではないか?」

了吉が問う。

「いるかもしれんなあ」

「やだなあ。そしたら、わしら、叱《しか》られたりするのか」

「するかもしれんなあ」

静助と了吉はため息をつく。そんな目には遭いたくない。

「あんまり行きたくはないなあ」

「そうだなあ」

やさしい向陽先生がこの先どうなるのか、というのも心配だった。向陽先生が学校でも教えてくれるのなら御《おん》の字だが、そんなことにはならないだろう。すると、向陽先生の仕事がなくなってしまうではないか。食い扶持《ぶち》はどうするのだろう。向陽先生のところへ通う子供の数から鑑《かんが》みればたいした稼ぎでないことくらい静助にだってよくわかっている。だが、それにしたって、あるのとないのとでは大違いではないか。寺子屋がなくなっても三人は離れにおいてもらえるのだろうか。向陽先生は年寄りだし、日銭稼ぎができるようにも思われない。離れの周囲を耕せるだけ耕して、あれこれ拵《こしら》えてはいるようだが、それだけで食べていかれるわけもない。寺を追い出されたらどうするのだろう。琴音はどうなるのか。まだ小さい萩はどうなるのかと、静助は不安でいっぱいになる。

どうしてこのままではいけないのだろう。

なんで学校を作らなくちゃならないんだろう。

ずっとおなじ日々をつづけたいのに、つづけられないのが口惜《くちお》しかった。

どうしてこう、世の中はいつもいつも騒々しく、あわただしいのだろうか。それこそが世の中がひっくり返ったという証左《しょうさ》なのだろうか。

あれが変わった、これが変わった。

あれがなくなった、これが始まった。

静助の周囲には、〝ご一新のせい〟が溢《あふ》れていた。

なにかというと、〝ご一新のせい〟。

兄の欣市がいなくなってしまったのも〝ご一新のせい〟らしかった。

欣市が東京で学問をせねばならないのは、世の中がご一新されたからだと、静助の父、庄左衛門《しょうざえもん》は言った。可津倉《かつくら》家の惣領《そうりょう》である欣市に、立派に学問を修めて偉くなってもらわねば、この家は先細りになってしまうと庄左衛門は口にする。

新しい政府による命令で、可津倉家は先年、名主の座から下ろされていた。おまけに小作人との二重の名義になっていた抜地《ぬきち》も、実地調査の末、いくらか取り上げられてもいた。

こんな勝手な振る舞いが許される世の中とあっては、この先どうなっていくのか見当もつかぬ、と庄左衛門は息巻き、嘆いた。まだまだ大きな地所を所有していても、安心できないらしい。こういう時はじっとしていてはだめなんだ、じっとしていたらやられるばっかりだ。庄左衛門はつねづねそう言い、欣市にその思いを託した。いいか、欣市、おまえを東京へやって学ばせるのは、新しい知識を手に入れるためだ。やがて頼れる跡継ぎになって帰ってきてくれねばならぬぞ。

庄左衛門は、我が可津倉家を名主の座から否応《いやおう》もなく引きずり下ろしたくせに、面倒事だけは相も変わらず押しつけてくる新政府をあまり好んではいなかった。信用もしていなかった。どうにかして、やつらを出し抜いてやりたい、とさえ思っていた。

これは、丹賀宇多村がついこの間まで幕府の御料地《ごりょうち》であったというのに関係していたかもしれない。まずまず安定した収穫の見込める穏やかな気候の土地柄で、実り豊かな里山も近くにあり、江戸と行き来しやすい地の利も味方したのだろう、幸いにしておおむね飢えることなく徳川の御代を過ごしてきた。この点がやはり大きい。庄左衛門には丹賀宇多村をまとめてきた名主という家柄への自負が根強くあったし、可津倉家代々の当主が先頭に立って、丹賀宇多川の氾濫《はんらん》をおさえるために(小規模ながら)堤防を造り、灌漑《かんがい》もしてきたという実績を誇りに思ってもいた。村のために絶えず貢献してきたことは村人だってよく知っている。感謝もされ、頼りにもされている。

お代官さまとの関係も持ちつ持たれつ、長い年月をかけてうまく付き合ってきた。ところが、そのお代官さまもまた、ご一新でいなくなってしまったのである。

培ってきたものが、すべて水泡に帰《き》し、いざという時、これではどう対処したらいいか、わからなくなってしまった。こんな莫迦《ばか》な話があるか、と庄左衛門は内心、強く憤り、焦っていた。これでは村人たちの期待に応えられない。

庄左衛門はとうに名主でなくなっていたにもかかわらず、気持ちの上ではまだ十二分に名主なのだった。

そんな庄左衛門に、静助はのちのち、反撥《はんぱつ》ともつかぬ、苛立《いらだ》ちともつかぬ、なんとも名状《めいじょう》しがたいむずむずした感情を持つことになるのだが、それもまた、大きく見れば〝ご一新のせい〟といえるだろう。

ちなみに、静助と了吉を不安に陥れた学校が城跡に建ったのは、計画が発表されてから一年も後のことだった。資金が尽きて、普請が中断したせいである。

了吉は学校が建った後も知らんぷりして寺子屋に通いつづけた。

理由は簡単。寺子屋の方がうんと安上がりだったからである。

静助もまた、庄左衛門が行けというので、いったんは学校へ行ってみたものの、開校してしばらくしても生徒はろくに集まらず、慣れぬことゆえなにかと不手際も多く、親たちの不満も高まり、ついには先生もいなくなってしまったので、寺子屋に舞い戻った。

そうして静助は、つくづく、こっちの方がいいや、と思うのだった。出来ることならこのままずっと寺子屋に通いたいと思い、恐る恐る庄左衛門に願いでてみたら、豈図《あにはか》らんや、なぜかあっさり許されてしまう。庄左衛門にしてみたら、一度は学校に行かせたのだからお上への義理は果たしたと思っていて、静助の母、粂《くめ》は粂で、あんな遠いところにわざわざ通わなくたってすぐそこの浄心寺でべつにかまわないじゃないか、と端《はな》から思っていたので、それきりどちらからも学校へ行けとは言われずにすんだのだった。

そんなわけで、静助はまた、了吉と机を並べることとなった。

了吉は静助の顔を見るなり、よくもどってきたなあ、と欣喜雀躍《きんきじやくやく》、静助が照れるほどの歓迎ぶりだったが、了吉にしてみれば、名主の息子である静助が学校へ通いだした時点で、もう互いの道は分かたれたと、すっかり取り残されたように感じていたので尚更嬉《なおさらうれ》しかったのである。

「学校はどうだった」

了吉が訊くと、

「ようわからん」

と静助は答えた。

「わからんて、どういうことや」

「とにかくあすこは落ち着かん。もう行かん」

「ほんとか」

「ほんとだ」

「ずっとここへ来るのか」

「来る」

「ほんとだな」

「ほんとだ」

それから二人は、一年ほども寺子屋に通いつづけた。

他の子供が一人、二人、と学校へ行きだしても、たびたびお上《かみ》からお達しがあっても、庄左衛門と粂から何も言われないのをいいことに、静助は頑《がん》として学校へ戻らなかった。了吉も、名主のせがれの静助が行かないものをなんで自分のような者が先に、と思っていたので、やはり行かなかった。

向陽先生は苦笑いしつつも、二人の好きにさせてくれた。

じつに楽しい一年だった。

時代からはみでたような、のんきな一年だった。

この一年があったからこそ、二人は、他の者にはない強い結びつきを互いに感じるようになったのだったし、それまでろくに口をきいたこともなかった琴音と親しくなれたのである。

いつしか二人は、すすんで離れの周りの畑仕事や薪割《まきわ》りなどの力仕事を手伝うようになっていった。

萩の子守りもした。

ずいぶんしっかりしてきた萩は、年上の少年二人によくなついた。

もうじきこの寺子屋に通えなくなるかもしれないという、終わりの予感に彩られた、じつに甘美な一年だった。

二

浄心寺の裏の林が二人の遊び場だった。

了吉は丹賀宇多村の南端の百姓家の四男坊で、家に帰れば、幼いながら、ひと働きもふた働きもせねばならない身の上だったが、寺子屋にいる分《ぶん》には叱られないからとつい羽を伸ばし、静助としばし遊んで帰るのが常だった。

といって怠け者かというとさにあらず。

朝、起き抜けに、土間の大きな甕《かめ》ふたつになみなみと水を張る、というのが了吉の日課で、雨の日も風の日も重労働の水汲《みずく》み仕事をこなしてから寺子屋に来るのだから、静助よりよっぽど働き者だった。田植えの時期や、収穫期などは、手伝いで寺子屋に来られなかったが、それはこの辺りの子供に珍しい境遇ではなかった。

それにひきかえ、静助は、いつも暇を持て余しているような呑気《のんき》な子供だった。

当時としては、こちらの方がよほど珍しい。

静助の家には奉公人のハツや浦、六郎に吾平《ごへい》と、下働きする者の手がいくらもあったし、田畑の世話は小作人がしていたので繁忙期ともまるで関係がなく、いつでも静助はのんびりしていた。

「いいなあ、せいちゃんは」

と了吉はよくぼやいた。

ぼやかれるたび静助は、そんなにいいかなあ、と首を傾げたものであったが、おそらく静助は、了吉との境遇のちがいなど、その頃まだたいして実感していなかったのだろう。

静助の父、庄左衛門が年を取ってから生まれたせいもあって、静助はへんな具合に甘やかされて育った子供だった。

後妻の粂が産んだ子というのも影響していたのだろう。粂は年若い後添えで、たとえ子をなしても欣市を差し置いて跡継ぎにはしないと固く誓わされたうえで嫁いできていた。そういう欲を出さぬよう、なさぬ仲の欣市を虐げぬよう、釘《くぎ》をさされていたのである。

亡くなった先妻よしが隣村の親類の娘だったからだが、欣市がまた、ごく幼い頃から成長したらさぞかし、と周囲の期待を集めるような聡明な子だった、というのもあるかもしれない。三人の娘を立てつづけに死産した後、長く子に恵まれなかったよしが、生家の村の観音様に何度も足を運んで祈願し、四十路《よそじ》近くになってようよう産んだ子がそれほどまでに出来がよかったため、庄左衛門は、そこになにかしら、運命のようなものを感じてしまっていたのであった。欣市を授かる寸前に、よしが光る珠《たま》の夢（中で赤子《あかご》が眠っていたと、よしは言った）を見たというのも、乳離れしてすぐに、まるで役目を果たし終えたとばかりによしが静かに亡くなったのにも、なにやら意味がありそうに思えてならなかった。

そんな子はもう生まれまい。

後添えに迎えた粂は若くて愛らしいが、そう賢くはない。

そもそも粂とは子をなすためにいっしょになったのではないから、子が生まれることなど想定していなかった。

ところが、嫁いで何年かして粂がひょっこり身籠《みご》もったのである。

喜ばなかったわけではないが、いまさら子が生まれるのか、と困惑したのも事実だった。幕府が倒れる少し前の、きな臭い噂《うわさ》ばかりが大袈裟《おおげさ》に伝わってくる囂《かまびす》しい頃で、子供どころでない気もしていた。ところが粂はそんなことをいっさい気に病む様子はなく、戦になったってこの村は関係ないと言い放つ。さてそれはそうだろうが(と庄左衛門も思いはするが)、やはり粂は、いささか鈍いと感じざるをえない。

だから庄左衛門は、粂が産んだ男児に何の期待もしていなかった。どうせ成人したら、いくらか財産を分け与え、家から出すのが次男の常なのだから、性質さえ悪くなければ、賢くなくとも、取り柄がなくともかまわない。長じて欣市に迷惑をかけるような余計者にならなければ、静助は好きにしていたらいい。

歯向かうのは許せなかったが、覇気《はき》がないのはかまわなかった。従順で、兄を敬い、家名に泥を塗らない子であれば、それで十分だったのである。

可愛がるというより、やや無関心に近かったのかもしれない。

粂もまた、静助には甘かった。

父親ほど年のちがう庄左衛門に嫁ぎ、離縁されて追い出されるのをなにより恐れていた粂は、折り合いの悪かった舅《しゅうと》、姑《しゅうとめ》に懸命に仕え、どんな仕打ちにも辛抱し、そのうえ親でありながら子の欣市にも気を遣わねばならない（そうでないと庄左衛門の機嫌が途端に悪くなった）という暮らしの中で、思いがけず授かった静助だけが心の安らぎだった。

寝顔を見るだけで慰められたし、乳をふくませるだけで喜びだった。

そうして幾年か経《た》ち、すでに舅も姑も亡くなり、静助もとうに赤子ではなくなっていたのだが、粂にはまだ、その頃の心持ちが強く残っていて、静助をいまだに、赤子あつかいしてしまう。

ほんとうのところ、粂は、静助が大きくならなければいいのに、と思うことさえあった。

大きくなったっていいことなんかありはしない。

欣市が家を継いだ暁《あかつき》には、静助はおそらくここを出されるであろう。かといって、粂が助けてやることもできない。せいぜい金子《きんす》を多めに渡せるよう算段しておくらいが関の山だ。もういい年の（いつお迎えが来てもおかしくない）庄左衛門はその頃きっと頼りになるまい。欣市に嫁でもきたら、粂はどうなるのか。まさか追い出されはしないだろうが、ひどく気詰まりな毎日になるのは目に見えている。先々に思いを馳《は》せると粂は心許《こころもと》ないばかりなのであった。

庄左衛門が思うほど粂は鈍くはなかったし、賢くないわけでもなかった。

鈍く思われたり、賢くないとみくびられるくらいでいた方が暮らしやすいと知っていただけである。

粂はもともと街道沿いの飯屋の孫娘で、親はない。粂が嫁いだ後、しっかり者だった祖母が亡くなり、飯屋は潰《つぶ》れ、その後祖父も亡くなった。頼れるもののない身の上ゆえ、どうなろうと、ここに留《とど》まるしかないとよく理解していたのである。そしてそんな先々を考えだすとどんよりと気が滅入るばかりなのだった。

だからこそ、今のうちに少しくらい、いい思いをしたっていいじゃないか、と粂は思っていて、贅沢《ぜいたく》、というほどではないにせよ、日々の暮らしっぷりに以前にはなかった気のゆるみが生じだしたのがちょうどこの頃だった。目の上の瘤《こぶ》だった舅も姑も亡くなったし、欣市も東京へ行った。世の中もご一新されたことだし、いくらか楽をしたって罰《ばち》はあたるまい。たぶんどこかでそんなふうに感じていたのだろう。

静助にしたって、次男とはいえ、せっかく可津倉の家に生まれたんだから、この家にいるうちは、なにも小作人のせがれのようなことをしなくたっていいじゃないか、今はせいぜい好きにさせてやりたい、というのが粂の本音だった。粂の場合、我が身を甘やかすついでに静助を甘やかしたというのが近いのかもしれない。


「せいちゃん、あれ、なにか知ってるかい」

浄心寺の裏の林を抜け、里山へ差しかかる辺りに建つ蔵を指さして了吉が言う。これまで目に留めたことのなかった細い道の奥、里山の林との境にぐるりと竹の柵《さく》が巡らされ、おそらくわざわざ植え替えたのであろう高い木々で目隠しされているそこを、二人は陰から覗《のぞ》き込んでいた。

「知らんな」

静助がそう答えると、了吉は、

「知らんのか」

と得意気に返した。了吉は根っからの情報通で、静助の知らないことを、いつも教えてくれる。

「あれはな、焔硝蔵や」

「えんしょうぐら？」

よく見れば、石造りの立派な蔵だった。

蔵の横には人が住んでいるらしき小屋もあった。

「えんしょうぐらってなに？」

「火薬やら、鉄砲やら、しまっておく蔵やな」

「ほお」

「ここらを治めていた徳川のお代官さまが、ご一新の前に万一に備えて隠密《おんみつ》に作ったものらしい」

「それは、すごいな。戦のためにか」

「むろん」

「戊辰の時に使ったのか」

「いや、使うつもりで作ったが、とうとう使わなかったらしい。使うまえに戦がすんでしまったんだろうな。さぞかしご無念だったことだろう。戦でお殿様のお役に立てたらきっとたんまり褒《ほ》めてもらえたろうに。ご一新でお代官さまはお役御免になり、あれをうっちゃって、いなくなってしまったんだとさ」

「難儀やな」

「難儀や」

幕末の混乱期にひそかに作られたゆえ、それきり焔硝蔵のことは、うやむやになってしまったのだそうだ。きちんとした記録がなかったのか、中央からかけ離れた田舎の村だったゆえか、新政府になっても誰も気づかず、あらためて調べにも来なかったらしい。

「ちょっと、中を見てみようや」

と了吉が誘う。

頑丈に紐《ひも》で結わえた竹の柵はあるものの、間隔が広いから、子供の身体なら楽にくぐり抜けられる。了吉は地べたに這《は》いつくばり、前へ進もうとした。静助があわてて了吉の帯を引っぱる。

「待て待て。あすこに着物が干してある」

煮染《にし》めたような藍色《あいいろ》の半纏《はんてん》が竹竿《たけざお》に引っかかっていた。

「むう。誰かおるのかな」

「着物があるんだから、そら誰かおるわ」

「そうか」

「今日のところはやめとこ」

静助とて、男の子。鉄砲を見たいのはやまやまだったが、恐ろしい目に遭うのは勘弁だった。了吉も、うなずいた。

「やめとこか」

よくよく見れば、蔵の向こう側で、こっこっこっこ、と鶏が地面をつつきながら動き回っている。奥の方に垣間見える緑の葉はおおかた畑にちがいない。明らかにここには人が住んでいると見て取れた。

「誰が住んでおるのだろう？」

干してある着物はずいぶん着古したもののように思われる。

「さてな。お代官さまが去《い》んで、誰かがこっそり住みついたのかもしれん」

「そんなことしてええのか。ここには鉄砲があるんぞ。なにかあったらどうする」

「それもそうじゃ」

「滅多なお人ではなかろう」

「偉いお人か」

「きっとそうじゃ」

人の気配はあるものの、姿は見えず、結局その日は誰が住んでいるのかわからないまま、焔硝蔵を後にしたのだったが、それからしばらくして、ひょんなことから、それが杢《もく》さんという爺《じい》さんだと知れた。

意外にもそれを教えてくれたのは、琴音だった。

卵をね、くれるのよ、と琴音は言った。

焔硝蔵の杢さんは、琴音の父が戊辰の戦いの傷がもとで亡くなったと知ると、卵や鶏肉、干し魚《うお》を時折分けてくれるようになったのだという。

向陽先生ともすっかり親しくなったのだそうだ。

いい人よ、と琴音は言った。

三

焔硝蔵《えんしようぐら》の杢さんは、じつのところ、偉い人ではまったくなかった。

焔硝蔵に収められた火薬や鉄砲の番をするために雇われただけで、雇われたまま、焔硝蔵とともにうっちゃられた哀れな人なのだった。いやいや、うっちゃられたのをいいことに、そのまま ちゃっかり焔硝蔵の脇の番小屋に住みついている人、と言い換えてもよい。

そんなことが可能だったのは、静助の父、庄左衛門のお墨付きがあったからだった。雇い主を失った後のどさくさに紛れ、今しばらくここにおいてもらってもいいでしょうか、ご迷惑はおかけしません、ここでなんとかひとり、暮らしていきますんで、と願い出た杢さんに、よかろう、といとも簡単に許可したのは当時まだ名主だった庄左衛門であった。

庄左衛門にしてみたら、隠密にしておけとかねてからお代官さまにきつく言い含められていた焔硝蔵について、お代官さまがいなくなったからといって、手のひらを返すように新政府とやらに告げるつもりは毛頭なく、であるならば、そこに誰がいようと目くじらを立てる必要はまるでなかった。そもそも焔硝蔵が建てられた土地は、むかし庄左衛門の先祖が切りひらいた里山の麓《ふもと》の土地で、長い年月のうちに紆余曲折《うよきよくせつ》を経《へ》て、お代官さまに召し上げられていたのだが、庄左衛門はあの土地は我が可津倉家がお代官さまに貸しただけで差しだしたわけではないと思っていて(可津倉家では代々そのような申し送りがなされ、蔵には証拠となる書き付けが残っていた)、それゆえ、あそこを新政府のものになどされてたまるか、あんなやつらの益になるようなことは鐚一文《びたいちもん》したくない、という気持ちが強くあった。だいたい、お代官さまが相手なら、益になることを告げればそれなりの見返りも期待できたが、あのうさんくさい明治の新政府となれば当てにならない。それどころか、もっと何かあるのではないかと、痛くもない腹を探られるのが落ちだろう。だったら焰硝蔵ともどもこの男のことは知らぬ存ぜぬでやり過ごすのがよい。庄左衛門はそう考えていたのである。杢さんは庄左衛門と同年輩の、干からびたような弱々しい爺さんなので、無害であるのは一目《ひとめ》で見て取れた。

「ほう、そうか、おまえさんは庄左衛門殿のところの静助さんか」

初対面の静助に、その日、杢さんがそう言ってやさしげに目を細めてみせたのは、そういう長ったらしい経緯があったからだった。

むろん、静助はそんなことは知らない。ただ、あれ？　この人は父上を知っているのかな、と思い、それから少しほっとしただけだ。もっと邪険に扱われるかと怖《おそ》れていたので。

向陽先生からの届け物を持っていくという琴音にくっついて焰硝蔵へ行こうと言いだしたのは了吉だった。頼むよ、琴音、儂《わし》らをいっしょに連れて行っておくれよ。

琴音は渋った。人目を忍ぶように暮らしている杢さんが了吉や静助を見ていい顔をすると思えなかったのだ。きっと杢さんの迷惑になる。そう思ってやんわり断ったのに、了吉は承知しなかった。なんでだよ、と食い下がる。いいじゃないか、一人や二人増えたって。おともをつれてきたとでも言えばすむじゃないか。

勢い込んで追いすがる了吉に琴音は半ば呆れ、やがてぷっと噴きだした。おとも？　おともってなによ。おともなんておかしいでしょう、お城のお姫さまじゃあるまいし。

了吉はすこぶる適当に、お姫さまだよ、琴音はお姫さまだよ、と持ち上げる。

「姫さま！　お頼みもうします！　儂らを連れて行っておくんなせえ！」

擦《す》り擦りと手を合わせ、拝み倒す了吉。

目的がはっきりしている時の了吉はじつに調子がいい。口八丁手八丁で突っ走る。それをよく知る静助なので、了吉のやつ、何がなんでも鉄砲が見たいのだな、と静かに悟り、援護射撃のつもりで、隣でうんうんと頷《うなず》いてやった。了吉とちがって静助はすんなりうまい言葉を言えるたちではない。頷くだけで精一杯。しかしながら、その愛嬌《あいきょう》のある頷きは、静助の人徳なのか、なんなのか、案外と力があるのである。

ついに姫さまが折れた。

しかたないわねえ、叱られたって知らないわよ、と琴音が言う。

叱られると聞いて静助はいくらかひるむ気持ちにもなったのだったが、了吉はものともしない。やった、やった、と小躍《こおど》りするように喜んでいる。

そうして三人は連れ立って焔硝蔵の杢さんを訪ねてきたというわけだった。

「それにしてもまたどうしてこんなところに」

と杢さんは問うた。

いくら恩義のある名主の息子だからといって、口さがない子供とはなるべく関わり合いたくない。

問うても答えぬ静助を杢さんはじっと見つめている。

「鉄砲が」

ようやくもじもじと静助が口にした。

「鉄砲?」

ぎろりと杢さんの目に光が宿る。

「焔硝蔵の鉄砲が」

それだけ言って静助が、はあっ、と力尽きたように息を吐きだす。すかさず、そのあとを継いで了吉が大きな声で言った。

「見たいのです」

杢さんは黙っていた。

静助が、えんしょうぐら、と正確に口にしたことに衝撃を受けていたし、堂々と鉄砲が見たいとせがむ子らになんと返せばいいのかわからなかった。

　思わず天を仰ぐ。

　すでにこんな幼い子らにまでこの場所を知られてしまっているのか。

　こんな子らが揃《そろ》って鉄砲を見たいとここへ訪ねてくるなんて。

　まさかそんな日が来るなんて。

　そのうち誰かに見つかってつまみ出されるのではないかとびくびく、おどおど暮らしていたのは、ここでひそかに暮らしだしたばかりの頃だった。その頃はすぐにしょっ引《び》かれるとばかり思っていたのだったが、それはそれで覚悟のうえ。当初は、しばらく住めれば儲《もう》けもの、くらいの気持ちでいたのに、半年経てども一年経てども誰も訪ねては来なかったのだった。

　やれやれと安堵《あんど》し、そのうち、すっかり開き直ってしまった。見つかったらその時だ。それまでは好きにさせてもらおう。

　ところがそれから後も一向に誰もやって来なかったのである。

　近頃では、もう見つからないんじゃないか、お咎《とが》めはないんじゃないか、と調子よく考えるようになっていた。ここは儂の家だ。この家とともにここで朽ちよう。

　いつしかすっかり終《つい》の棲家《すみか》のつもりでいたのだけれど、そうは問屋が卸さなかったらしい。

やれやれ潮時か、と杢さんは思い、すぐに、いんや、そんなわけにはいかぬ、と思い直した。

木《き》を伐り、硬い土を耕し、種をまき、畑を拵え、鶏を飼い、炭を焼き、どうにかつつがなく暮らせるようにしたのは他の誰でもない、この儂だ。ここを離れるわけにはいかぬ。離れてどうして暮らしていけよう。

自負もあったし愛着もあった。執着もあった。年が年だけに、ここに執着するよりほかに生きるすべはないという己《おのれ》の事情もあった。

じつのところ、これから先の暮らし向きについてあれこれ算段もし、準備を整えだしたところだった。

そこへ降って湧いたように現れたこの子ら。

きらきらと目を輝かせて、焔硝蔵を見つめるこの子ら。

鉄砲が見たいとせがむ、この困った子ら。

この子らをなんとしよう。

この時、ここに庄左衛門のせがれ、静助がいなかったら杢さんの思考はまったく別の経路を辿《たど》ったはずである。ひたすら追い立て、蹴散《けち》らし、なんなら頭の一つもこづいて、二度と近づかないように、嘘八百で脅したってよかった。一芝居打って、騙《だま》したってよかった。しかし、そうはしなかった。静助がいたからである。これから先も世話にならねばならぬであろう人の息子を粗末には扱えぬ。

「鉄砲か」

と杢さんは言った。

「鉄砲なあ」

勿体《もったい》をつけたような杢さんの声。

彼らの目がいっそう、輝く。きらきら。きらきら。

面白いようにその目に期待がこもるのがわかる。

鉄砲が見たい、鉄砲が見たい、鉄砲が見たい。

見たい、見たい、見たい。

彼らの心の声が聞こえるようである。

とはいうものの、その願いをおいそれと叶《かな》えてやることはできない。

なぜなら鉄砲はすでに焔硝蔵にないからだ。

正確にいえば、数挺《すうちょう》ばかり、隠し持ってはいたが、大半は、とうに売り払ってしまっていた。

鉄砲を取り扱う商人に渡りをつけ、まとめて売り払ったのは、ここにうっちゃられてすぐの頃だった。ここにいたければそうしろ、と李さんに命じたのは誰あろう、庄左衛門だった。万一ここの存在が知れたとしても鉄砲がなければたいしたお咎めにはなるまい。鉄砲がなければ、おまえは番人ではなく流れ者だ。そうだろう？ そう言い張って逃れればよい。ともかく面倒なものはさっさと売ってしまえ。

戊辰の戦はおおむね終わっていたが、未だ世はつくづく乱れていて、自警のための鉄砲を欲しがる村がまだあちこちにあった。狩猟や、害獣や害鳥を追い払うにも鉄砲の出番はある。反乱を企てる士族もぼちぼち現れだしてもいたし、売ろうと思えばわりあい楽に売れたご時勢だった。ひとりの商人へのまとめ売りだったし、旧式の襤褸《ぼろ》い鉄砲だったからたいした値はつかなかったが、それでもここで暮らしていくにあたっての元手にはなった。焔硝蔵の番人として長らく雇われてはいたものの、最後の頃はろくに手当ももらえないひどい有り様だったから、これはその代わりだと図々しく腹を決めた。どうせ捨てられた鉄砲だ。捨てられた鉄砲を拾い集めて売ってなにが悪い。木を伐るには斧《おの》がいる。畑を耕すには鍬《くわ》や鋤《すき》がいる。種や苗もいる。鶏の雛《ひな》を買うにも銭はいる。使い途《みち》はいくらでもある。急拵えの粗末な番小屋は雨漏りがするし、長く住むなら竈《かまど》も直したい。裏手をちょろちょろ流れる小川の向こうは村人も来ない。ならばそこに炭を焼くための炭焼き小屋を拵えたい。なんにせよ、鉄砲で飯は食えぬ。

庄左衛門はそのあたりの事情を見越していた。それゆえ鉄砲を売った上前《うわまえ》ははねなかった。というより、庄左衛門は売れと命じただけで売買にはいっさい関わらなかったのだ。下手《へた》に関わって、なにかあった時、罪に問われるのは御免だったし、そんなちゃちな儲けに目が眩《くら》むほど落ちぶれてはいなかった。この男が鉄砲を売った金でこの先うまく暮らしていけたらそれでいい。小作人同様、下にいる者は締め上げるばかりではだめだということを庄左衛門は当たり前のようにわかっていた。つかず離れず生かしておけばそのうち役に立つ日も来る。

それになんといっても鉄砲をそのままにしておくのはやはり危険だった。そんな物騒なものを大量にこの村に置いておいたらいつ誰の手に渡るともかぎらない。めぐりめぐってそれを手にした者が襲ってこないともかぎらない。襲うつもりがなくとも武器を手にすれば人は変わる。武器の数次第では集団が作られる。集団となれば尚更危険だ。名主という立場は、時折、人々の憎しみや怒りの対象になることを庄左衛門はよく心得ていた。

帝王に帝王学があるのなら、名主にも名主学とでもいうべきものがあるのかもしれない。

代々名主を務めてきた可津倉家に生まれ育つうち、自然とそういう名主ならではの思考に染められていくものなのである。

あれから四年、いや、五年か。新政府の連中は先年、鉄砲取締規則とやらを定めたそうで、丹賀宇多村にも鉄砲調査の役人がやって来ていた。むろん庄左衛門のところにも、いの一番に訪ねてきた。鉄砲札の数など問われたことに関しては正直に答えたが、焔硝蔵のことは最後まで黙っていた。焔硝蔵は空《から》なのだからなにもわざわざこちらから伝える必要はない。彼らはこの村に鉄砲が何挺あるかを調べに来ただけで蔵のことは知りもしない。その意味でも鉄砲を売っておいて正解だったと庄左衛門は大いに胸をなで下ろしたものだった。

「鉄砲なあ」

つるりと頭を撫《な》で、首に巻いた手ぬぐいをぎゅっと締め直した杢さんは、「そんなものあったかなあ」と、惚《とぼ》けた。

静助は了吉と顔を見合わせる。

「あるんでしょう」

と了吉が訴える。

「そんなものは知らないなあ」

と杢さんは言う。

嘘を言っているようには見えないが、静助も了吉も承知しない。

「あすこにあるんでしょう」

重ねて了吉が問う。静助が、これ見よがしに焔硝蔵の方を向く。

杢さんも焔硝蔵を見た。

そうして、

「入ってみるかい」

杢さんはそう言ったのだった。

二人が頷くと、杢さんは番小屋から鍵《かぎ》を取ってきて、焔硝蔵の扉の錠を開けた。


「鉄砲はなかったんだよ、焔硝蔵に」

これは後年、静助が語った言葉である。

「てっきり、ずらりと鉄砲が並んでいるとばかり思って中へ入ったんだがなあ。がらんどうだった。細長い石造りの焔硝蔵の中はずいぶんひいやりしていて、両側の壁際に幅の狭い棚のようなものがあった。きっとそこには鉄砲がずらりと立てかけられていたんだろうよ。なんとなくそう思った。目に浮かぶようだった。けれども、そこにはなにもなかった。一挺も。ただがらんとしていた。明かり取りの窓から日が射《さ》し込んで、蔵の中は完全な暗闇《くらやみ》ではなかったから目を凝《こ》らしてさがした。どこにあるんだろう。気は逸《はや》るばかりで、了吉と並んでずんずんと奥へ進んでいく。どこだ？　鉄砲はどこだ？　どこにある？　奥まで行っても鉄砲はない。ないと知れて、了吉はぽかんとしていた。こんなはずじゃあなかったんだが、と顔に書いてあった。そうしてついにはへなへなとすわりこんでしまった。了吉のやつはひょっとしたら鉄砲を撃たせてもらえるんじゃないか、とさえ思っていたから、気持ちを立て直すことができなかったんだろう。あれはなあに、と琴音が言った。儂らの後ろからくっついて蔵に入ってきた琴音が最初にそれに気づいて指さした。棚の隅に小さい筒のようなものがいくつか置いてあった。それから小さな鞠《まり》のようなもの。なんだ、あれは？　目を凝らして見たがよくわからなかった。どれも見たことのないものだった。ずいぶんと硬そうだが、なにかの道具だろうか。それにしても小さい。なにに使うにせよ、小さすぎやしないか。杢さんが、にそりと笑って、それはな、儂が作ったんだ、と言った。作った？　作ったって？　この筒を？　この鞠を？　鞠というか、鞠に似たものを？　これはいったい何に使うんだろう？　鉄砲でないのはたしかだが、なにをするものなのかよくわからなくて、だれもなにも言わなかった。杢さんはひょいとひとつ手に取って、まだ、うまくできたかどうかからんが、そのうち見せてやろうぞ、と言った。それが花火との出会いだった。といっても、その時は花火がなにか知らなかったんだが。ただがっくりうなだれていただけだった。なにしろ、鉄砲がなかったからな」

それからしばらくして、静助たちは、花火の打ち上げを見せてもらうことになる。昼日中にあげた、湿っぽい花火だ。

ひゅーひゅるるると空に上がって、赤い火の尾が二筋か三筋流れただけの、まことに小さな花火。

焔硝蔵の裏手の小川のほとりで、杢さんが試しに上げたものだった。

花火と名付けるのも憚《はばか》られるような、いたって地味なものではあったが、静助の目にそれはしっかりと焼き付けられた。

空にしゅうと蠢《うごめ》いた赤い筋と白い煙。

爆《は》ぜるような、叫ぶような、あやしげな音。

それから火薬の匂い。

はっと息を呑《の》んだまま、見入られたように動けなくなった静助と了吉、それに琴音。赤い火の尾は瞬く間《またたくま》に消えてしまったが、そのあっけなさがまた、静助の心にせつないような、もどかしいような淡い気持ちを残した。

ほんのひととき、空に現れ、消えたそれ。むなしくもあり、また同時に晴れ晴れするようでもあり、いきなりきゅうと胸を締めつけられた。

「どうだ、よく上がったろう」

と杢さんが言った。

杢さんにとって、それは何十年ぶりかに拵えた花火だった。

四

ちょうど同じ頃、可津倉家ではあと二人、花火と出会った者があった。

ところは江戸、ではなく、東京。

庄左衛門の言い付けで欣市のもとを訪ねた条が、欣市とともに両国、隅田川で花火を見物したのである。

幕末から明治へと変わる動乱期にいっとき中断した川開きの花火であったが、世情の安定とともに復活し、またたく間に人気が沸騰していた。それを知った欣市がはるばる訪ねてきてくれた粂をもてなすために連れて行ったのだった。

田舎で生まれ育った粂は初めて見る花火に大いに驚いた。

驚いたのは花火だけではない。

江戸から名を変えた東京の賑《にぎ》わいにも、人の多さにも、いちいちすべてに驚かざるをえない。なんとまあ、ここは華やかな場所だろうか。せっかくだからと洋食屋で洋食を食べ、芝居見物をし、あちこち見て回った。浅草、上野、銀座。新橋では鉄道や駅舎も見た。どこへ行っても珍しい物ばかりが、次から次へと押し寄せてくる。案内してくれる欣市はすでにこの都市になじんだのか、いちいち驚いたりしない。あれはなに、これはなに、と粂が訊《たず》ねても、ああそれは、と淡々と教えてくれる。

丹賀宇多村との違いに粂はぽかんとしてしまう。

噂には聞いていたけれど、これほどまでに違うのか、と呆れてしまう。

ここはまるで別天地ではないか。

美しい着物に見惚《みと》れてしまうし、奇抜な洋装に驚くし、店舗に並ぶ商品の数や種類の多さに圧倒される。いったいこれはなにごとか。

欣市はしかつめらしく、明治政府が早く西欧に追いつこうと躍起になっておるのです、と説明してくれるが、粂には意味がわからない。ほうほう、と納得したような顔でいちおう頷いてはみるものの、これならもうじゅうぶんに追いついているのではないか、としか思えない。これほどきらびやかな世の中に、いったいなにが足りないというのだろう？　この先に、まだなにがあるというのだろう？　そんなに急いで先へ先へと行かねばならぬのだろうか？　それはなぜ？　西欧とは、いったいなんなのだ。

欣市は、早く追いつかねば日本はやられてしまうのです、と妙な使命感に燃えているようだが、これほど立派な町並みが瞬く間に出来るくらいなら、簡単にやられたりしないのではないか、と粂は思うわけなのだった。

道行く人を見ているだけで粂はなんだかうきうきした。

楽しくて面白くて仕方がない。

街道沿いの飯屋で育ったから、幼い頃より江戸の話はよく聞いていたが、ここはもう、江戸ではなく東京なのである。あそこにあると長らく思っていた場所が、今ではべつのものになっている、その不思議。

それにしても、あの頃、あれほど威張っていたお侍さんたちはどこへ行ってしまったのだろう？　飯屋の手伝いをさせられていた頃、粗相《そそう》があってはならないと、やたらと気を遣わされたのに、あの人たちはいったいどこへ消えてしまったのか。月代《さかやき》に大小《だいしょう》を脇に差して歩くお侍さんがどこにもいなくなってしまった。

ご一新、ご一新と騒がしかったが、丹賀宇多村で、ご一新は目に見えなかった。徳川家が瓦解《がかい》してお代官さまがいなくなったり、可津倉の家が名主でなくなったりかと思うと学校が出来たり、田畑や家が調べられたり、今までとは違うと思わざるをえないお達しは次から次へといろいろあったが、そうはいっても、田を耕し、肥《こえ》を施し、綿を繰り、縄をない、水を汲み、飯を炊き、といった暮らし向きに変化はなく、十年一日《いちじつ》の如く、同じ景色が連なっていた。なるほど、ご一新したのは、お江戸だったのだ。

遠いところだと思っていたのに、実際歩いてみればたいしたことはなかった、というのも粂には不思議だった。江戸は夢のように遠いところだとばかり思っていたが、そんなことはないのだった。道半ばまで連れ添ってくれた吾平は、庄左衛門の供として何度も江戸と村を行き来したことがあって、慣れた道を行く気安さから、丹賀宇多は案外江戸に近いということをしきりに言っていたが、ほんとうにその通りだった。吾平と別れた後、道中最後の半日ほどは粂一人で歩いたけれど、とくに迷うこともなく、迷ったとしても、皆、親切で、悪さをする者もなく、怖ろしい目に遭うこともなく、無事欣市のところへ辿りつけた。ご一新で、粂のような女にも難なく歩いていけるようになったのだと思うと、不思議を通り越して粂はひたすらうれしい。関所ももうないのだから、これから何度でも行き来できるではないか。

是非また来たいものだと思ったし、なにより静助にこの都市を見せてやりたいと粂は思った。兄の欣市がすでに見ているものを静助にも見せてやりたい。新しい時代とやらは、こういうものなのだと粂はここへ来て初めて知った。静助こそ、それを知らなければならないのではないか。

そのようなことを訥々《とつとつ》と訴えると、欣市も賛成してくれた。

その通りだと思います、新しい国の息吹きを感じるのはいいことです。丹賀宇多にいては、わからぬこと、見えぬことがあまりに多い。この国をこれから背負って立つ者は、大きな世界を見なければなりません。

じつに勇ましかった。

そこまで勇ましい話だったろうかと内心思わなくもなかったが、静助のために庄左衛門に手紙を書いてくれるというから、ありがたく申し出を受けることにした。

そうして実際、手紙は書かれた。

庄左衛門を説得するためとはいえ、ずいぶん大袈裟な手紙だったようだ（この手紙は長く可津倉家に残っていたが今はもうない）。

欣市という人はかように、とにかく生真面目《きまじめ》で一途《いちず》な人だった。

それは終生変わらなかった。

粂と約束したからには、静助がまだ十歳にも満たない年齢であろうと、約束はきちんと果たす。果たさねばならない。

生真面目すぎて時に滑稽《こっけい》に思えるほどだが、それが欣市という人なのである。

さらにまた、この時期の欣市はいささか志士気取りというか、明治という新しい時代を創《つく》った薩長《さっちょう》の志士たちに影響を受けているらしい節《ふし》があった。丹賀宇多村は薩長とは関係ない片田舎で、新しい時代になんの役割も担っていない。それに、そもそも欣市は（名字帯刀を許されていた家柄とはいえ）武士階級ではない。けれども、だからこそ余計に、東京へ出てきて一気に感化されてしまったのだろう。薩長の志士（彼らとて、そう高い身分の出身ではない）が幅を利かす東京で暮らしているのだ。感化されても致し方あるまい。彼らの喧伝《けんでん》する価値観は、素朴な若者の心にするりと入り込んだ。もはや、身分や階級に縛られなくともよいはずだ。ならば己にもなにか出来るのではないか。彼らに続きたい。彼らの志を継いでいきたいと、どこか憧れのようなものを抱く。それがたとえ、いいところばかり強調された明治という新しい時代の建前に過ぎなかったとしても、汚い裏の面は見せられていなかったとしても、少々のことには気づかない。ようするに欣市は初心《うぶ》だったのだ。湧き起こる熱い思いを手紙に託して庄左衛門や静助に伝えた。欣市の心意気のようなものを。

欣市の手紙をもっとも喜んだのは粂だった。

庄左衛門の感触は悪くない。

しめた。これなら、話に乗りそうだ。

庄左衛門の許しがあればいずれ静助を連れて東京へ行ける。ということはすなわち、粂もまた東京へ行ける！

庄左衛門本人が東京へ行きたがらないであろうということは粂もよく承知していた。

名主として、村の年貢米の世話をせねばならなかった頃は、たびたび江戸へ出て行ったものだが、庄左衛門はもう名主でなくなったし、ついに年貢も米で納めないことに決まってしまった。こうなると庄左衛門の出番はない。年も取ったし、明治の新政府の連中はどうもやはり虫が好かぬ。東京になぞ行くものか。つねづね庄左衛門は条にそう言っていた。

とはいえ、その気持ちを息子たちに押しつけようとは思っていない。

ここがまさに、田舎とはいえ、長年つつがなく名主を務めあげてきた庄左衛門の庄左衛門たるゆえんである。地方の名士としての自尊心や自負心はまだ存分に残っていたし、したたかさもあった。

むろん、新政府に楯突《たてつ》くつもりは毛頭ない。そんな愚か者ではない。それどころか、徹頭徹尾従順な態度を崩さず、その協力ぶりを評価されてもいる。

けれども庄左衛門は、ただ盲目的に従っているのとはわけがちがった。腹に一物《いちもつ》を抱いて、めまぐるしく変化を遂げる世間の動きをじっと眺めている。勝負はこれからだ、と思っていたし、所詮《しょせん》、気の荒い若者どもが、世の中をひっくり返しただけなのだから、いずれ馬脚を露《あらわ》すと踏んでいる。

ならば敵（というのもどうかと思うが）の懐へ飛び込まずして、一泡吹かせることはできない、と庄左衛門は考えていた。

だからこそ、早々に欣市を東京で学ばせると決めたのであったが、その欣市がこんな手紙を寄越すくらいなのだから、あの土地ではよほどの変化が起こっているのだろうと庄左衛門は気づいた。たんなる権力の移行だけでは済まされないような、なにか大きなことが。丹賀宇多村にいてもうっすらと噂は伝わってくるから、新政府の推し進めているいわゆる文明開化とやらはなんとなく想像出来たが、陸蒸気《おかじょうき》だの、煉瓦《れんが》造りの洋館だの、ガス灯だのと、実際に見てきたばかりの粂が嬉々として語るのを聞いていても、正直、どういうものだか見当がつかない。粂の昂奮《こうふん》ぶりからすればそれらは余程のものなのだろうが、さて。

百聞は一見に如《し》かずというが、ならば、静助を行かせてみてもいい。あんな小さい子を行かせてなんになるという気持ちがないわけではないが、時代に乗り遅れると莫迦を見ることがあると庄左衛門は知っていた。とくにこういう、大きな変わり目の時は油断ならない。

兄に比べたらずいぶんぼんやりした、腑《ふ》抜《ぬ》けのようなところのある静助だが、東京で学問に励む欣市に会えばなにか感じることもあるだろう。兄をいっそう敬う気持ちにもなろう。丹賀宇多村とは異なる大いなる東京で肝《きも》を潰してくるのもよいではないか。

さして遠い場所でもないし、旅費くらい捻出《ねんしゅつ》できる。

庄左衛門の腹は決まった。

連れて行ってやれ、と粂に言う。

はい、そうします、と粂はこたえる。

だが、残念ながら、機会はなかなか訪れなかった。粂は翌年また東京へ行く機会に恵まれ、嬉々として出掛けて行ったのではあるが、この時は、身体を毀《こわ》した欣市の看病が目的であったため、静助は連れて行かれなかった。ちなみに粂はこの時、欣市の病が恢復《かいふく》した後もなんだかんだと理由をつけて東京に居座り、都合ひと月半ほども滞在したらしい。

静助が東京へ行ったのはその次の年の夏の初めである。両国、隅田川の川開きで静助が見た花火は、杢さんが上げたものとは桁違《けたちが》いの大きさだった。

五

ふうん、そうかい、そんなにすごかったかい、と杢さんは、静助の話を努めて気のない素振りで聞いていた。

それはもう、大きくておどろいた、と静助はいくぶんそわそわしながら言う。控えた口調ながら、上気した顔を見ればその昂奮ぶりが伝わってくる。

「広い橋の上は人で埋まっていて、橋のこっちも、橋の向こうも、どこもかしこも人でいっぱいだった。皆が揃って、空を仰ぎ見てた。そこに花火がどーんと。上がったんだ。舟から。それが、ぱあっと。開いた。川の上のところに。赤い、大きな花みたいなのが。きれいに」

ふうん、なるほどねえ、と杢さんは、遠い昔に幾度となく見た江戸の花火を思い浮かべながら聞いている。

そうかい、両国の、あれかい、こいつぁあれを見てきたのかい、なんだか、なつかしいねえ、とぼんやり思っている。

江戸で生まれ育った子なら、そんなものを見たくらいでいちいち驚きはしないだろうが、丹賀宇多で生まれ育った静助なら、そのくらいのことでも十分驚くんだろう、と思っている。

儂のつくったあんないいかげんな花火でさえ、はじめて見た時、この子らは、あんなにたまげてたんだもんな、と杢さんはくすりと笑って口元を緩めた。

静助は、寺子屋ではなく学校へ行くようになっても、杢さんのところへたまに遊びに来ていた。

寺子屋へ通っていた頃は了吉といっしょに来ていたが、近頃では静助一人で来る。誘っても了吉がついて来ないからだ。了吉は農家の四男坊なので、身体が少し大きくなってくると、働き手としていやでも期待される。おちおち静助と遊んでばかりもいられない。それに正直、了吉は杢さんのところへ行くのに、すっかり飽きてしまっていた。杢さんがしんねりむっつり花火を拵えているのを見たところで面白くもなんともないし、空へ上げてくれることなんか滅多にない。へたしたら草むしりや薪《まき》拾いを手伝わされてとんだ目に遭う。なにが楽しくてそうたびたび遊びに行きたがるのか、了吉にはさっぱりわからなかった。なんで？　と問うても静助は首を傾げるばかりだ。

静助にだってよくわからない。

ただなんとなく、足が向くから行くだけだ。

静助は草むしりや薪拾いがそう苦にならない。鶏を追いかけまわしたり、産み落とされた卵を取ってくるのも面白かった。

そうして杢さんが花火を拵えているそばで、火薬の粉を眺めたり、乾かしている花火の玉の乾き具合を確かめたり。

静助が近寄っても杢さんは目くじらたてて追い払ったりはしなかった。なあに、火薬っつったって、べつにそう危なかねぇよ、と機嫌がいいと触らせてくれさえする。小腹がすけば、きのこや木の実を焼いたりすりつぶしたりしたものを食べさせてくれたし、眠そうにしていれば木陰で蚊遣火《かやりび》を焚《た》いて昼寝をさせてくれた。暑くなればちょろちょろ流れる水辺に足を浸して、水遊びや水浴びをした。

思えば小さな楽園だった。

杢さんはいろいろ工夫して、うまいこと暮らしている。足りないものは自らの手で作りだしたし、拵えたし、壊れたものを修繕しつつ、余らせるものや捨てるものなどなく、無駄なくきっかり一人で生きている。

そんな暮らしぶりになにかしら惹《ひ》かれたところがあったのかもしれない。静助の家のような大人数の暮らしぶりとはまったく違い、いつでもしんとして人の気配がないのもよかった。

誰の目も気にせずいられる。

静助がふらりと顔を出すと、杢さんは、なんだい、おめえさん、また来たのかい、と言うだけで追い返しはしなかった。ひょっとしたら杢さんにも、人恋しい気持ちがあったのだろうか。

静助が話しながら、地面に木切れで花火らしき線を描くのを見て、

「柳か」

と杢さんがつぶやいた。

「柳？」

「いや、なんでもねえ」

杢さんがあわてて打ち消す。

「柳。そう、柳。柳って言ってた」

近くで見ていた通人《つうじん》が、お、いい柳だね、と声をあげたのをそういえば聞いたと
静助は思いだしていた。

「ふうん、そうか。柳か」

「あれ、柳っていうの」

「ああ」

「見たことあるの」

「まあな」

「いつ」

「昔昔だねえ」

杢さんが江戸で生まれ、江戸で育ったというのを、すでに静助は知っている。花火を拵えられるのは杢さんが花火屋で働いていたことがあるからだというのもその時ついでに教えてもらっていた。

「ああいうのもここで上げられるの」

「柳?」

「柳。柳もここで」

「まあ、薬さえあれば」

「薬?」

「硝石《しょうせき》っつって、いつだったか、ここに藤太《とうた》ってのが来てたろう。あいつが分けてくれるんだ。硝石。それと、硫黄《いおう》。それがあればまあ、拵えられねえこともねえが、だけど、そうそう好きには使えねえからな」

杢さんは藤太の持ってくる硝石や硫黄などと引き替えに、出来上がった花火を渡す。藤太はそれを、山間部の村へ奉納花火として売りに行く。上げるのは藤太だ。そこまで込みで頂く駄賃《だちん》を杢さんと山分けするという寸法だった。

藤太と杢さんの、そんなひそやかな小商いが成立したのは、静助が生まれてはじめて焔硝蔵で花火を見た、ちょうどあの頃のことである。

その少し前に、硝石問屋の番頭の倅《せがれ》の藤太が丹賀宇多村にふらりと現れ、杢さんに花火を教えてくれないかと頼んだのがきっかけだった。

といっても、杢さんははじめ、きっぱり断った。

ここは花火屋じゃねえ、花火をやりたきゃ花火屋に行きな！

けれども藤太は諦《あきら》めなかった。

それが出来るくらいならここには来ないよ、頼むよ、杢さん、教えてくれよ、と追いすがる。

藤太はこの頃すでに二十五、六。今さら花火屋へ丁稚奉公《でっちぼうこう》という年ではないし、そう都合良く、奉公先の口もない。そんなわけだ、ここで教わるしかないんだ、と藤太は勝手な理屈を述べる。

杢さんは溜息《ためいき》をついた。こういう恵まれたやつにかぎって、ろくでもないことを言いだすんだ。藤太は身体も丈夫だし、決まった仕事があるではないか。

おめえな、そんな余計なことを考えず、おとなしく親父さんの下で働きつづけるのがいいよ、と杢さんは諭《さと》した。藤太の父親の峯吉《みねきち》を、杢さんはよく知っている。若い時分からよく出来た男で、杢さんも昔からずいぶん世話になっていた。な、藤太、悪いことは言わない、そうしろ。それがいちばんだ。世の中ってのはな、そういうふうにできてるんだ。

藤太は唸《うな》る。なにが気に入らないんだか、首を縦に振らない。そうして渋い顔で、杢さん、時代が変わったんだ、硝石問屋はお先真っ暗なんだよ、と話しだした。

硝石は火薬の素となる重要な石だが、ご一新からこっち、外国から新しい薬だの、武器だの、品物だのがぞくぞく入ってきて、しかも問屋組合は徳川幕府の瓦解でこれまで通りの庇護《ひご》がなくなり、これから先もこの商売が成り立つのかどうか甚《はなは》だあやしくなっているのだそうだ。おまけに、跡を継いだばかりの若旦那がどうにもこうにもぼんくらで、いかにもぱっとしなかった。藤太の父は先代からの義理もあるし、なにがあろうとぼんくら若旦那のもとで最後まで勤めあげるだろうが、倅の自分までもがいっしょにこの泥舟(と藤太は決めつけている)に乗っていていいものだろうか。どうせなら、新たな道をさぐりたい。

それには花火がいいんじゃないか。

花火ならばこれまでの職とも近い。多少なりとも知識もある。

それが有利に働くならしめたものだ。

隅田川の花火が復活し、大いに賑わうのを目の当たりにして、そう閃《ひらめ》いたと言う。

またまた杢さんは深い溜息をつく。まったく、こいつときたら、大きく出たよ、庭花火くらいの話ならまだしも、隅田川の花火ときたもんだ。そんなものがいくら賑わったってなんの関係もないではないか。ここで花火を拵えたところであそこで上げられるわけもない。おい藤太、寝言はいいかげんにして、とっとと帰《けえ》りな、と杢さんは、素っ気なかった。

だって、せっかく腕があるってのに腐らせとくのはもったいないじゃないか、とぐずぐず言い返す藤太。

ちっとも話が嚙《か》み合わない。

子供の頃からよく知る藤太だけに、あんまり無下《むげ》にするのは可哀想《かわいそう》だと思ったが、だからといって、望み通り教えてやる気はない。ついには杢さん、むっつりと押し黙った。すると業を煮やした藤太は、ま、いいや、また来るよ、と硝石と硫黄を置いてさっさと帰って行ってしまったのだった。おい、待ちな、と声をかける暇《いとま》もなかった。

困ったもんだよ、あいつ、こんなもの、置いていきやがったよ、と今度来たら突っ返すつもりで、杢さんは久方ぶりに藤太の残していった硝石を手に取る。

そうして、つくづく眺めた。

硝石問屋の番頭の倅が持ってきただけあって、じつに質のいい硝石だった。

たいした量ではないとはいえ、あいつ、どうやってこんな上物《じょうもの》をくすねてきたんだろう、と杢さんは考えた。いくら番頭の倅だからって勝手に持ち出せやしないはずだ。それなら、どうしたんだ？　盗んだのか？　あのしっかり者の親父さんに見つからずに盗めるのか？　あの人の目はそうそうごまかせやしないだろう。

となると。

もしかしたら、これは親父さんの差し金なのではあるまいか、と思いつく。

藤太の父親の峯吉という人はたんなる番頭という枠には収まりきれない、なんだかちょっと、得体の知れないところがあった。

何を隠そう、杢さんが丹賀宇多村の焔硝蔵の番人の職にありつけたのも、峯吉の口利きだった。

昼酒飲んで寝っ転がっていた長屋で、ある日、訪ねてきた峯吉にこう言われたのだ。

杢さん、あんた、こんなところでいつまでも燻《くすぶ》ってると、そのうち、足元をすくわれるよ、すっころんで犬死にするくれえなら、丹賀宇多村へ行きな。火薬の扱いに慣れた、口の堅い独り者《ひともん》を番人にするって、いい話があるんだよ。あんたさえよければ口利いてやるよ。

花火の職にあぶれ、腐っていた時分だった。

その頃の江戸は、幕末の動乱期。隅田川の花火もろくに上げられない有り様で、花火屋がいくつも潰れていた。世の中はいっそう混沌《こんとん》とし、状況がよくなる兆《きざ》しもまるでなかった。

もうだめかもしんねえなあ、と杢さんは思いはじめていた。花火師なんてのは、ただでさえ、潰しのきかない職である。それに己の力量もよくわかっていた。名の知れた花火屋が出発点ではあったものの、秘伝の技は教わらずじまいのまだ駆け出しの時に店を出されてしまったのだ。失火が原因の、とんだとばっちりであったとはいえ、思えばあれがけちのつきはじめ。そのあと移った花火屋でもそれは同じで、下《した》っ端《ぱ》より多少ましな仕事はさせてもらえたものの、肝腎《かんじん》なところは新参者に教えてくれやしない。腕を磨こうと思うなら、あとは小さな花火屋で一からやっていくしかなかったのだが、花火屋で働くこと自体、次第に難しくなる一方だった。どう足掻《あが》いても花火の職がない。仕方なしに日銭稼ぎの力仕事で凌《しの》いだが、気持ちは沈む。投げやりになって酒ばかり喰《く》らっていたら、がりがりにやせ細り、だんだん力仕事もままならなくなってきた。

焰硝蔵の番人を引き受けた時、杢さん自身はもう、花火とは金輪際《こんりんざい》関わることはないだろうと覚悟していた。もうそれでいい。ここいらできっぱりけりを付けよう。なにを大袈裟な、世の中がおちついたら、また江戸へ戻ってきたらいいじゃないか、その頃には花火も上げられるようになってるよ、と峯吉は励ましてくれたが、そんな日が来るとは思えなかった。若い頃ならいざ知らず、この年でそんな甘い夢は見られない。嘘も方便の励ましなんざ、いらねえよ、もうここには戻らねえ、と啖呵《たんか》を切って丹賀宇多村に来たのだったが、あの時のやり取りをあの人はおぼえていたのだろうか。それでこんなものを倅に持って来させたのだろうか。

ご丁寧に硫黄まで。

情けが通じて胸が詰まる。

だけれど、そうは言っても、ここは花火屋じゃないんだから、道具も何もありゃしない。作ろうったって無理ってもんだ。

道具がなくたってどうにかなるだろ、と思い切るまで、そう時間はかからなかった。薬研《やげん》がなけりゃ、木臼《きうす》と石ころで砕いてすりつぶすまで。目の細かい篩《ふるい》がなけりゃ、ひたすら時間をかけて篩いつづけるまで。工夫次第でどうにでもなる。かえって面白いじゃねぇか。

幸い、裏には竹林も松もある。炭もある。紙もある。肝腎のところはどうにかなる。不器用なりに、どうにか出来上がった時には、心底嬉しかった。静助たちが、ぽかんと空を眺める様を見られただけで満足だった。

とはいえ、無事空に上がりはしたものの、ちゃちな代物《しろもの》だったのもまた事実で、それなのに、藤太ときたら、焔硝蔵に並んだ花火の玉や筒を見た途端、せっかく拵えたんだ、売ろうじゃないかと持ちかけた。こんなもの、どこに売るんだ、と言うと、まかせてくれ、と胸を叩《たた》く。とりあえず、これを銭にしよう。銭が貯まったらひとつひとつ道具を揃えていこう。なあ、杢さん、だから、上げ方だけでも教えてはくれないか。上げられなくちゃ、売れねえんだ。そうこうするうちに、商いの道筋が作られたというわけだった。藤太という男は案外商才があったのかもしれない。米だの塩だの、必要なものに替えてきてくれるのもありがたかった。

静助は、一、二度顔を合わせたことのある藤太のことを憶《おぼ》えていた。眉のしっかりした、四角い顔をした男だった。

「柳、作ったことあるの？」

「んー、まあ、昔昔に、ちょっと、な。だけどまあ、今となってはそうたいしたものは拵えられない。藤太に聞いたが、鍵屋《かぎや》の衆、やたら腕を上げたっていうじゃねえか。どんなことになってるのかは知らねえが、それとおんなじものはまず無理だろう」

「鍵屋の衆？」

鍵屋、という名に、静助は聞き覚えがあった。両国の橋の上であちらこちらから、その名が叫ばれるのをたしかに聞いた。掛け声とともに、人いきれの中、すーっと上がる花火。ととん、ととん、と空を弾《はじ》くみたいな音。あの美しい、赤い花火のことを思い出すと静助は丹賀宇多村に戻ったあとでも、ついうっとりとしてしまう。

「鍵屋ってなに」

「屋号だよ、屋号。花火屋の屋号」

「花火屋の屋号。そんなら玉屋《たまや》っていうのも？」

鍵屋とともに、玉屋という掛け声もあったと静助は思いだした。

「ああ、そうだよ。といっても、玉屋はもうないけどな。って、え、まだ掛け声をかけてくださる方がいるのかい？」

静助がうなずくと、杢さんは破顔《はがん》した。

「ほう、そうかい。そりゃ、ありがたいねえ。まだ玉屋のことをおぼえててくださるんだ。あれから何年だ？　ざっと三十年だよ。玉屋がなくなったあとでも玉屋の掛け声は途絶えなかったが、それでもさすがにここまで来ると忘れられたとばかり思っていた。そうかい。まだ玉屋の掛け声が聞こえるかい」

天保《てんぽう》十四年、玉屋は、失火で近辺を半町ほど延焼させてしまう。

間の悪いことに将軍御成《おなり》の前日だったため、市中を騒がせた咎《とが》で玉屋は所払《ところばら》いになった。お取り潰しではないものの、以前と同じように店は続けられなくなる。

杢さんはこの店で十代初めから丁稚として働いていたのだそうだ。下働きからの長い修業を経て、ようやく花火師として仕事を任されるようになりだした頃、この酷な処罰に遭い、泣く泣く玉屋を離れることとなった。

このあたりの事情は、当の杢さんではなく静助は藤太から聞いた。

さぞかし悔しかったろうよ、と藤太は言った。その頃藤太はまだ生まれていなかったが、藤太の父、峯吉が、当時の詳細を教えてくれたのだそうだ。

あの頃の杢さんは、そりゃあ、活《い》きがよかった。実入りもまずまずだったし、なんせ花火師ってのは鯔背《いなせ》な職だ。ただでさえ娘に好かれるんだ。そこへ持ってきて、その頃花形だった玉屋の印半纏《しるしばんてん》なんざ着て、町中を歩いててごらんよ、そりゃもう、若い娘たちから、じっと見つめられてさ。惚《ほ》れられたりもしたんじゃないか。杢さんは花火が好きだったし、こつこつまじめに仕事をするから、親方に目をかけられてた。あのまま励んでいたら、きっといい花火師になってたろうよ。だけど、これからってときに、あれだもん、ついてなかったよ。可哀想だった。

峯吉は、そんなふうに語っていたのだという。

静助はその話を藤太から聞いた時、ふいに、あの、竹竿に干してあった半纏を思い出した。

はじめて焔硝蔵を訪れた日にも見かけたそれ。

煮染めたような、元は藍色だったろう、印半纏。

古びて色褪《いろあ》せ、それでも背に浮かぶ、丸に玉の字。

あれは玉屋の印半纏だったのか。

杢さんは、玉屋の後もいくつか花火屋を渡り歩いたから、他の印半纏だって着ていたはずだ。けれども丹賀宇多村に持ってきたのは玉屋の印半纏だった。そこにどういう意味があったのか。

本当のところは誰にもわからないのだけれども、静助はあのくたくたになった生地に、なにか杢さんのだいじなものが宿っていたのではないかと考えるようになった。杢さんにしかわからないだいじなものが、あそこに。

思えば静助は、杢さん当人と出会うより先に、あの半纏と出会っていたのだ。それもまた、静助には、なにか目に見えぬ符合のように思えてならなかった。

静助を焔硝蔵の花火へと導いたのは、あるいは、あの半纏だったのではないか。

そんなことを考えてみたりもした。

そのくせ、静助は、じかに杢さんに、あの印半纏のことを訊ねたりはしなかった。杢さんもとくに語ろうとはしなかった。静助は、杢さんの口から、玉屋の頃の話をほとんど聞いたことがない。あえて語らなかったのか、それとも、そんなことはもうどうでもよかったのか。

杢さん亡き後、あの印半纏は、どこをさがしても見つからなかったのだそうだ。静助はそれが不思議でならなかったらしい。

六

さて、焰硝蔵の土地の話である。

あの土地が可津倉家のものになったのは、いつ頃だったたろう。地租改正よりも後なのは確かだが、どうも時期がはっきりしない。静助が初めて東京へ行った少し前くらいか。だいたいそのあたりであろうとは察せられるのだが、なにぶん、証拠となる地券《ちけん》が残っていないのでなんとも言えない。

庄左衛門が、上へ訴え出て、認められたらしいということのみ、伝わっている。

もともと争いのある土地でもないし、村の入会地《いりあいち》として認められた里山に含まれないというのは村人が証言してくれたし、可津倉家の所有である旨、証明できる書き付けも残っていたから、意外にすんなり地券は発券されたようだ。

　地権者を特定すればいくらかでも税を徴収できるのだから、財政難の政府としても文句はなかったのだろう。あるいは、庄左衛門がすでに、役人の信頼を得て、がっちり彼らに食い込んでいた点が大きかったのかもしれない。訴えたのは役人の入れ知恵があったからだという話も残っている。さもありなん、といったところだ。名主として培われた交渉力や折衝力は明治になっても様々な局面で役に立っていたのだろう。税をより多く徴収したい役人側と、先祖伝来の土地を守りたい庄左衛門とで、あらかじめ、なんらかの話し合いがなされていたとも考えられる。

　なにはともあれ、いつかあの土地を取り戻すという、可津倉家の悲願（だったらしい）は達成された。

　とはいえ、やっかいなのは、上に建つ焔硝蔵と、杢さんだった。

　訴え出るにあたって焔硝蔵の存在をどうごまかしたのかは不明だが、幸い大きな問題にはならなかったようで、しかしながら、庄左衛門には焔硝蔵や番小屋は可津倉家が建てたものではないという後ろめたさが付き纏《まと》っていた。だったらいっそ潰してしまえとやけを起こすわけにもいかないし、知らぬ存ぜぬを貫いてくれてはいるものの、ほんとうは焰硝蔵がそこにあると気づいている村人の目も無視はできない。という訳で、杢さんには経緯を説明し、家賃は取らず、店子《たなこ》としてそのまま住まわせることにしたのだったが、それでもまだ足りないと感じていた。

なによりも杢さんは村人から警戒されている。

まずはこれをどうにかせねばなるまい。

これまで村人たちとほとんどまじわりがなかったのだから警戒されて当たり前なのだけれども、目に見えない存在だった杢さんが、こうして目に見える存在となったからには、どうにかして村に溶け込んでもらわなければならない。その責任は大家の自分にある。

ところがこれがなかなか難しかった。

どうしたらいいのかてんでわからない。

今までこういう事例はなかったし、水と油ほどではないにせよ、杢さんは、丹賀宇多の村人たちとは纏う空気がずいぶん異なっていた。なじませるには知恵がいる。自然となじむ両者ではない。なにかいいきっかけはないものか。

頭を悩ませていたら、息子の静助が杢さんと親しくしているようだと教えてくれる者があった。

庄左衛門は耳を疑う。

なんだってまた静助が。

あそこは隠された場所だったではないか。

この息子について、庄左衛門はよく知らない。

どこでだれと遊んでいようが興味がない。だから、叱るつもりはないのだが、なぜそんなことになっているのかがさっぱり理解できないのだった。引っ込み思案で覇気がないと思っていた静助が、なぜ大胆にも杢さんのところへ。

いったいおまえは何しにあんなところへ遊びにいくのだと問いつめると、静助は、楽しいのだ、とこたえた。おやつや水浴び、昼寝。杢さんのところであんなことをした、こんなことをした、と庄左衛門に語った。

静助にしてみたら、杢さんがいい人だということをなんとしても庄左衛門に伝えたかっただけである。あの場所へ行くなと言われたくなかったし、静助なりに杢さんの役に立ちたかった。

なにからなにまで初耳の庄左衛門は当然ながら大いに驚く。驚きつつ、なんだ、あの男はそれほど親切な、気のいい男なのか、と杢さんを見直し安堵した。もっと偏屈な男かと思っていたが、静助とこれだけ心を通わせられるのなら、村人の警戒を解くのも難しくはないと思えてきた。

その安心が静助に伝わったのかもしれない、静助の口はいっそう滑らかになっていく。静助が庄左衛門にそれほど多く話すのは珍しい。勢い余って、ひょいと花火の話が出てしまった。杢さんに口止めされていたのに、うっかりしゃべってしまったのである。しまった、と思ったがもう遅い。おろおろと庄左衛門を見るが、庄左衛門はかすかに笑みを浮かべている。静助はなんとなく、大事《おおごと》にならなかったようだと感じ、胸をなで下ろした。

ほう、花火か、と庄左衛門は思っていた。

焔硝蔵でなにかこそこそやっているようだとうすうす勘づいてはいたが、関わりになるのも面倒なので抛《ほう》ってあった。そうか、あいつは花火を拵えておったのか。

庄左衛門はご一新より前に、江戸で花火を見たことがあった。隅田川の花火も見たことがあったし、神社に奉納される花火を見たこともあった。

杢さんの腕前がどの程度なのかは知らないが、花火を上げられるのなら、村の祭りの折りにでも、一つ、二つ、上げてもらったらどうだろうか、と思いついた。丹賀宇多神社に奉納する花火だ。豊饒《ほうじょう》を祝う秋祭りで花火が上がれば、村人も喜ぶのではないか。ひいてはそれを上げた杢さんも受け入れられるのではないだろうか。

さっそく相談に行ってみると、杢さんは二つ返事で承諾した。

杢さんにしてみたら、さんざん世話になっている庄左衛門の頼みを聞かないわけにはいかない。それに、これはいい機会だとも感じていた。花火のことをいつまでも隠してはおけないし、うろちょろしている藤太のこともあった。

たいした花火ではありませんがようござんすか、と杢さんは庄左衛門に念を押した。費用を出すという庄左衛門に、いりませんと断り、その代わり、藤太が出入りするのを黙認してもらった。

杢さんの花火は相変わらずちゃちだったが、丹賀宇多村の人々には好評だった。祭りの日に目新しく賑やかな花火が上がるのだから喜ばれないはずがない。初めて見る者はけたたましく驚いたし、ありがたや、と手を合わせて拝む者があったし、ひとしきり蘊蓄《うんちく》を垂れる者、ただただ騒ぐ者と、いろいろだった。皆、昂奮しつつ、銘々に楽しんでいる。

花火はその年の祭りの目玉となり、当然のように翌年も上げられることとなった。

むろん、静助も見た。

了吉も見たし、琴音も萩も見た。

みんなで見るのは楽しかった。

両国で見た花火もよかったけれど、丹賀宇多神社の鳥居の前で上がるなら、辺りは知った顔ばかり。その顔がどれも嬉しそうに光り輝いているのがなによりよかった。

静助は言いしれぬ喜びに満たされていく。

宵闇《よいやみ》にしゅうっと上がる流星は、音ばかりが勝っていて、あっという間に終わってしまうが、それもまたよい。

あれあれ、もう終わってしまったのか、とちょっとがっかりした声が四方より聞こえてくる。

いやいやまた上がるぞよ、と天をさす腕が見える。

すぐさま次の花火への期待が高まる。

見逃すものかと、人々は、じっと動かない。

なかなか次が上がらない。

のんびりと待ちつつ、さんざめく。

そんな時間もどことなく華やいでいた。

花火を讃《たた》えられたり褒められたりするたび、静助の気持ちは上向いた。

その気持ちに乗って、火が上に飛ぶ。

弾くように空に飛ぶ。

あれが花火だ。

静助は、じんとする。

歓声が起きた。

拍手も起きた。

なんというか、その年の祭りはいつもより格段にめでたい感じがした。

花火を上げる前に藤太が長々述べる口上《こうじょう》も面白かった。

忙《せわ》しなく立ち回る杢さんと藤太も、見違えるほど堂々として恰好《かっこう》よかった。杢さんは若返って見えたし、藤太には貫禄さえ感じられた。まさに彼らの晴れ舞台だった。

奉納花火は、ほどなくして村の主催となり、丹賀宇多村の秋祭り恒例行事となっていく。

それにともない、杢さんは村の花火師として受け入れられ、藤太も杢さんの弟子として認知されていった。

そう、いつのまにやら藤太は、杢さんに花火を教えてもらうようになっていたのである。

七

丹賀宇多村に奉納花火が上がったのがなにかの合図だったのだろうか。

可津倉家に大いなる変化が訪れだした。

まず、庄左衛門がこの地区初の村会議員になった。

明治になり、地方自治の仕組みが変わって、請われて立候補したら、選挙でめでたく当選してしまったのだった。立候補者は何人かいたそうなので、庄左衛門もさぞ誇らしかったにちがいない。年も取ったし、そろそろ家長の座を欣市に譲り渡し、隠居しようなどと公言していたくせに、いざ当選すると気分はすっかり名主の頃に逆戻り。隠居どころか、やたら元気になってしまった。

村議会の会所《かいしょ》へは颯爽《さっそう》と洋装で赴いた。

このくらいの恰好をせねば田舎者と莫迦にされますよ、と粂に諭され、着せられたのである。

この頃になると、以前は庄左衛門に付き従うばかりだった粂が、庄左衛門をじょうずにおだてて従わせていたようだ。

東京の虜《とりこ》となっていた粂は、もっともらしい理由を見つけてはたびたび上京していたので、洋装についてよく知っている。それどころかすでに買ってきてもいた。だから庄左衛門に着せるのにまたとないこの機会を逃すわけにはいかなかった。本音を言えば、粂こそが洋装をしてみたかったのである。

けれども、丹賀宇多村で、女だてらに先陣を切るのはさすがに難しく、ならばまずは庄左衛門から、と粂は考えたわけだった。

洋装もなかなかいいじゃないかと周囲に認めさせたいから、粂はずいぶん張り切った。洋服に合う洒落《しゃれ》た帽子を被《かぶ》せ、ステッキを持たせ、靴を履かせた。懐には時計や老眼鏡。ポケットからこれ見よがしに取り出す筆記用具は太い万年筆。

念には念を入れ、シャボンで身体を洗わせ、髭《ひげ》を整えさせた。

粂の苦労の甲斐《かい》あってか、庄左衛門は、なかなか似合ったらしい。議会でも一目《いちもく》置かれ、本人もまんざらではなかったようだ。

いったいなにごとだ、と庄左衛門の急激な変化に目を剝《む》いていた村人たちも、見慣れるにつれ、憧れを抱くようになっていく。

便利なものらしいと知れると可津倉家にシャボンや老眼鏡を見に来る者があらわ

れた。ほう、これはすごいと目を輝かせるから、条も調子づいて、買ってきたばかりの宝物のようななめらかなメリンスの生地なんかをちょっと触らせてやる。すると人々はますます活気づいた。可津倉家には珍しいもの、美しいもの、便利なものがいろいろあるらしいとの噂はすぐに広まり、やって来る者が後を絶たなくなった。歯磨き粉や塗り薬など、所望《しょもう》されれば使わせてやったりもした。あまり羨《うらや》まれるのもよくないので気前よく、少し分け与えたりすると、我も我もと欲しがる者が現れた。

条はそこに目をつけた。

こんなに受け入れられるなら、ここでこれを売ったらいいではないか。

可津倉家は名主の頃から、商いをしていたので、そう突飛な発想ではない。とはいうものの、可津倉家の場合、儲けるための商いではなく、まとめて買えば安く分け与えられるからという、いわば村の共同購入の代表のような形での商いではあったのだが、それでも扱う品は年月を経て、ずいぶん増えている。

それらといっしょに売るという条の思いつきは、つまり、ごく自然な流れで、ただし、その先に、少しばかりの飛躍があった。

もともと飯屋の孫娘で、街道筋で育ったから、条には商売の勘がある。

つらつら考えているうちに、なにか物足りないと直感したのだった。

これらは昆布や酒とはちがうのではないか。

もっと大きく商うべきではないか。

といって、粂は、ただ商品が売りたいわけではなかった。なにより東京の店先で味わったあの昂揚感《こうようかん》を丸ごとこの地へ持ってきたい。たくさんの品を店先に並べたい。それを眺めて選んで、楽しんで買ってもらいたい。

売る相手は丹賀宇多村の者にかぎらずともよい。

近隣には養蚕業《ようさんぎょう》で潤いだした村がいくつかあるのを粂は耳にしていた。そういう者たちは、きっと買い物に来る。買い物がしたいはずだ。

我が身に鑑みて、粂はそう確信した。

街道沿いの、生まれ育った飯屋はすでに跡形もないが、あのあたりに店を出したらどうだろう。丹賀宇多村からは少し離れるが、その分、近隣の村の者も来やすくなる。荷受けもしやすい。

思いついた途端、粂の頭はこのことで一杯になってしまった。うずうずと、気持ちばかりが昂《たか》まっていく。

抑えるのが困難なほどになった時、粂は東京にいる欣市に相談した。

欣市を味方に付け、後ろ盾になってもらったら庄左衛門も否《いな》とは言うまいと考えたのだ。

いいですね、やりましょう、と晴れやかな声で欣市は言った。今や町人だけが商いをする時代ではありません。それに、丹賀宇多だって、東京に追いつかなくちゃいけない。このままでは後れを取るばっかりだ。

粂が思っていた以上に欣市は乗り気だった。あまりにも乗り気すぎて、粂は少し不安に思ったほどだった。

欣市はさっそく庄左衛門に話を持ちかける。庄左衛門も賛成し、資金をだすと決まった。とんとん拍子に話が進んだのは、やはり、跡取りの欣市がやる気だったからであろう。欣市には可津倉家の行く末を背負ってもらわねばならない。庄左衛門が欣市に掛けた期待が伝わってくるではないか。

可津倉洋物店という名はこの時、欣市が付けた。

聡明な跡取り息子がここまで言うのなら、まちがいはあるまい。そのために、東京で学ばせているのだ。まさか粂の思いつきで始まったとは、庄左衛門は露《つゆ》ほども思っていない。

粂はいそいそと、東京へ仕入れを手伝いに行く。

欣市はまだ学問をつづけていたので、粂の力を借りねばならないというのが庄左衛門への言い訳だった。

可津倉洋物店は小さな店ではあったけれど繁盛した。

街道沿いは粂が生まれ育った頃より一段と開けていて、店先に商品を並べればなんだって売れた。とくに人気が出たのは、舶来の香水の小瓶だの安全なおしろいだのといった化粧道具や、流行の生地、舶来品を真似た洋装小物、ネルのシャツや装身具などである。これまでそういったものを売りにきていた行商人の持ってくる品とは質も量も桁違いだ、そのうえ、安い、と大評判になった。それというのも、儲けたいという気持ちのあまりなかった粂が、お値打ちな価格を設定したからで、なにしろ、素人《しろうと》同然の商売だから、仕入れがうまくいくだけで、粂はうれしい。仕入れが粂にとっての買い物、といえなくもなかった。足を延ばして横浜あたりまで買い付けに行くのが粂は楽しくて面白くて仕方がない。奇抜なものでも、少しばかり値の張るものでも、買い手がつくと思えば手が出せる。養蚕で金銭に余裕の出来た層に、これまでにはなかった物欲が芽生えだしていたという状況も粂に味方した。

いくら薄利であるとはいえ、順調に品物が売れて利益が出れば、仕入れに回せる資金が増える。すると扱う商品がますます充実する。充実すればいっそう客がやって来る。可津倉洋物店は、よい循環の中で動いていく。

欣市も、もう後戻りできないくらい深く関わってしまっていた。商売の勘はあるが、大雑把《おおざっぱ》で数字にからきし弱い粂とちがって、欣市は几帳面《きちょうめん》で、堅実だから、粂だけに店をまかせてはおけない。なにしろ、可津倉洋物店の代表者は欣市なのである。といって、欣市だけでは、この店になにを並べたらいいのか、よくわからなかった。粂が売ろうと決めたものは、なぜかすぐに売りきれてしまうが、欣市が仕入れたものはちっとも売れない。それがなぜだか、欣市にはわからない。なんにせよ、二人が力を合わせなくては可津倉洋物店はうまくいかないのである。継母と長男が手を携えて商売をするという、ほんの何年か前までは考えられないような成り行きは、どことなくお互い遠慮がちだった粂と欣市の間の溝をじりじりと埋めていく。それにつれ、家の中の空気も変わっていった。

ご一新の波は月日とともに、どんどん大きくなる、と静助が思っていたかどうか。

小学校尋常科を秋に終えた静助は、年明けとともに東京の漢学の専門学校へ行かされることになった。

むろん、静助たっての希望ではない。

向陽先生にすすめられ、庄左衛門も賛成したため、すぐさま決められてしまったのだった。

庄左衛門には逆らえないからおとなしく従った静助ではあったが、半年かそこら通っただけであっさりやめてしまう。

成績はともかく、学校が窮屈で退屈で我慢ならなかったらしい。年上の若者が多かったのも静助には合わなかったようだ。

あんなとこはいやだ、行きたくない、と欣市に泣きついた。欣市の下宿に住まわせてもらっていたので、欣市に泣きつくしかない。

それなら中学を受けてみるか、と欣市は言う。それがいやなら私塾もあるぞ。漢学がいやなら、西洋の学問を学んでみてはどうか。

折しも東京にはさまざまな学校が続々と誕生していた。

欣市は可津倉洋物店に関わりながらもまだ学問はつづけていて、高い志を持つ仲間もたくさんいた。学問をつづける気があるのなら、道はいくらでもあるし、いくらでも手を貸す、と欣市は言う。

ありがたい申し出ではあるものの、静助は、それもいやだったから、しばらく考えつつ東京でぶらぶらしたのち、丹賀宇多村に帰ることにした。

兄を尊敬する気持ちはもちろんあるが、東京に残りたいとは思わなかった。

学問をするなら向陽先生にかぎる、と静助はずっと思っていて、これはもう、幼い頃から同じ気持ちだった。じつのところ、学校へ通うために寺子屋をやめてしまったのをあとあとまで悔いていて、だから、学校へ行くようになってもたまに向陽先生のところへ出掛けて行っては教えを請うていた。それは静助の楽しみの一つともいえた。ああいう学問ならばつづけたい、と静助は思う。師は一人いればいい。難しいことが習いたいわけではない。知りたいことをひとつ知れればそれでいい。向陽先生といっしょに考えたり、問答したりして、頭のなかを整理したい。逆に言えば、それくらいしか、学問の意味がわからないのだ。とはいえ、今さら向陽先生のところへ通ったところで学校へ通ったことにならないのは承知している。近頃では、卒業した証《あかし》がなければ意味をなさないらしく、だから小学校もきちんと卒業せよ、と先生や親が口を酸っぱくするほど言っていたが、いったいその意味とはなんなのか。立身出世か、それとも大きな志とやらか。なんだか知らないがそんなもの、静助には興味がなかった。

東京から戻ると静助は、庄左衛門に、向陽先生のところへ通いたいと頭を下げた。

城跡に学校が出来たばかりの頃、この息子がまさに同じ事を言っていたのを思いだし、庄左衛門は、いささか呆れ、いささか心配になった。今頃になってまた寺子屋に通いたいなどと言うのはどこかおかしいのではないだろうか。

だが、よくよく聞いてみると、静助は、東京で通った専門学校の先生より向陽先生の方がよほど立派で上等である、と案外まともなことを言うのだった。向陽先生がそれなりの人物であるのは、庄左衛門も承知していたし、それならまあ、好きにすればいい、と認めることにした。そうして学びながら、儂の下で働きなさいと条件をつけた。

庄左衛門は議員の仕事で多忙になり、本家の仕事が疎《おろそ》かになっている。粂は可津倉洋物店の仕事にかかりきりになってしまったし（ちっとも言うことを聞かなくなったと庄左衛門は嘆く）、欣市は一向に東京から戻ってくる気配はない（商売を許した手前、文句も言えない）。どうしたって手が足りない。静助にその手伝いをやらせてみることにしたのだった。この際、静助を仕込んでおくのも悪くない。

そんな日々がひと月ほど過ぎた頃、了吉がふらりと静助を訪ねてきた。

「せいちゃん、戻ったんだってな」

「あれ、了吉じゃないか」

学校を出た後の了吉は、親類の田畑で小作人として働いていたはずだったが、いつのまにやら、街道筋の宿屋で下働きをしているという。

「そうだったのか。知らんかった」

静助が驚くと、了吉は、照れ笑いを浮かべた。

「小作人では銭が貯まらん」

「銭」

「力仕事でもなんでもこなして、銭を貯めたら東京へ行く」

了吉は静助を見た。「なあ、せいちゃん、なんで戻ってきた？　せっかく東京へ行けたのに、なんでだ？　東京はどうだった？」

「ようわからん」

「わからんてどういうことや」

「とにかくあすこは落ち着かん。それで帰ってきた」

「前にも、そんなようなことを言うておったな」

と了吉が笑う。

「そうだったか」

「そうだった。学校から寺子屋へ戻った時」

今度は静助が照れ笑いを浮かべた。

「そうだったかもしれん」

「そうだった」

「そんなら、その時とおんなじだ。じつは寺子屋に戻った」

「寺子屋？」

「向陽先生のところで学問をしている」

「学問」

了吉が首を捻る。学校を出たあと、寺子屋へ通う者になどいまだかつて会ったことがない。というか、寺子屋に通う者など今ではほとんどいない。それなのに、なんで今さら寺子屋なんだ、と妙だと思いはするが、静助が城跡の学校に通うようになっても向陽先生のところへ時折顔を出していたのを知っているから、なにか静助なりに信念があるのだろうと了吉は思うことにした。どうやら静助には、静助なりの価値基準のようなものがあるらしいと長い付き合いのうちに了吉は気づいている。世間に照らし合わせると途端にわからなくなるが、静助なりの揺るぎない判断に基づいて行動しているのだと思っていればそれでいい。

「そうか、せいちゃんは、学問か。それで、向陽先生はお元気か」

「お元気だ。きちんと教えてくださる」

静助が学校に通っていた時分、いっとき、生死を彷徨《さまよ》うような病に伏せっていた向陽先生だけれども、琴音と萩の並々ならぬ看病により、もうほとんど病の影が見えぬほどに恢復していた。

「そうか、それなら、よかった。そのうち儂も顔を出してみよう。薪割りなんぞも手伝ってこよう。琴音は元気か」

「琴音は忙しそうだ。相変わらず寺の仕事に精を出しているが、それだけでは暮らせぬとみえ、近頃では頼まれるとよその村で蚕《かいこ》の世話もしているらしい。だから、あまり顔は見ない」

「ほう、お蚕さんか。お蚕さんは、ずいぶん儲かるそうだからな。あちらこちらの村で桑畑がどんどん増えている。大方それで人手が足りないのだろう。それにしても琴音まで手伝わされているとは知らなかった。どうせ雀《すずめ》の涙ほどの手間賃で働かされておるのだろうよ。どこもよそ者には冷たいからな。この村でも入会地に桑を植えてお蚕さんをやったらいいんだ。二、三、やってる家はあるようだが、もっと大々的にやればいい。そしたら琴音はこの村で働けるのに」

「そういえばそうだ。なぜ丹賀宇多では蚕をやらんのかな」

「丹賀宇多は水の具合がいいし、土もいいし、あまり凶作にならないから、みんな呑気なのだろう。米もたくさん穫《と》れるし、銭になる菜種や煙草もある。しかし、せいちゃん、菜種はそろそろ危ないぞ。瓦斯《ガス》ってのが出てきたからな」

「瓦斯」

東京で見た瓦斯灯を思いだす。

「そうして瓦斯の次は、アーク灯とやらいうものになるのだそうだ。よくは知らんが、これには点火夫《てんかふ》もいらないらしい。勝手に灯《あか》りがともるのだとか。まさかと思うだろうがほんとうだ。つまりこれから先、菜種の油はだんだん要らなくなるというわけだ。要らなくなれば値が下がる。値が下がるどころか、まったく売れなくなるかもしれん。その前になにかしら手を打つべきなんだがなあ」

「おまえ、詳しいなあ」

「宿屋で働いていると、人の話をいろいろ聞く。それが面白くて仕方がない」

了吉は可津倉洋物店の話もした。

街道筋で今もっとも賑わっているのは可津倉洋物店だというのである。そうして、せいちゃんのおっ母《か》さんは、世の中を見る目がある、と褒め讃えた。暇があると、了吉は可津倉洋物店を見物しているのだそうだ。暇がなくとも、通りがかりにこっそり眺めている、と了吉は言った。店先に粂がいると、了吉は近づいて挨拶《あいさつ》する。すると粂は、了吉を店の奥へ招き入れ、めずらしい菓子を食べさせてくれるのだぞうだ。了吉は静助に礼を述べた。

「風月堂《ふうげつどう》の貯古齢糖《ちょこれいとう》って知ってるか」

「知らん」

「それは売り物ではなかったんだが、せいちゃんのおっ母さんがちょっと食べてごらんと食べさせてくれた。あれは相当珍しいものらしい。それはもう、天にものぼるほど、うまかったぞ」

「どういうものだ」

「焦げたような色で、しかし、焦げたような味ではない。砂糖のようだが、砂糖でもない。また食べたいなあ。せいちゃんのおっ母さんは、人がまた食べたいと思うものをよくわかっておる。食べ物だけではなくて、着飾るものもそうだ。だから可津倉洋物店は繁盛するんだ。もしかしたらせいちゃんのおっ母さんはだれより世の中がわかっているんじゃないか？」

「まさか」

「なあ、せいちゃん、儂も可津倉洋物店で働きたいんだが」

了吉が身を乗り出して言った。「ひとつ、せいちゃんから頼んでもらえないだろうか」

「なにをいう。宿屋はどうする」

「可津倉洋物店で雇ってもらえるんならやめる」

きりっとした声で了吉が宣言した。

静助は驚く。小作人をやめたと最前《さいぜん》聞いたばかりなのに、今度は宿屋をやめるという。東京の学校をすぐにやめてしまった静助なのだが、友の言葉には存外動揺してしまう。

「それはいかんだろう」

「どうして」

「このまま宿屋で働く方がいいんじゃないか」

「そんなことはない。あんなところにいつまでいたってしようがない。それより可津倉洋物店だ。可津倉洋物店で商いのいろはを学びたい」

静助は、了吉がなぜこれほど熱心に頼むのかよくわからなかった。宿屋で働くのと可津倉洋物店で働くのはそれほど大きくちがうのだろうか。似たようなものではないか、と静助は思う。いや、むしろ、出来たばかりの可津倉洋物店より、ご一新の前からでんと店を構える老舗《しにせ》の宿屋で働く方がよいではないか。

「いろは、って言うけど、可津倉洋物店なんてのは、ついこの間出来たばかりじゃないか。たまたまうまくいった、ってだけで、いろはもなにもあったものじゃない」

「なに言ってんだ、せいちゃん。それはまちがってる」

「まちがってる？」

「いいかい、せいちゃん。可津倉洋物店は、丹賀宇多のどこにもないものを売ってるんだよ。つまり東京と同じなんだ。そんな店、ここらあたりには一つもないよ。そうだろう？　だからさ、可津倉洋物店で働くってことは東京に近くなるってことなんだ」

「そうなのか？」

「そうだよ。せいちゃんのおっ母さんだって、しょっちゅう東京へ出掛けているじゃないか。そうして貯古齢糖なんてお菓子を見つけてくるんだ。たいしたもんだよ！」

静助は唸る。

言われてみれば、粂は、東京で様々な品を買ってきていた。可津倉家は、いつしかそういうものによって少しずつ変わってきている。頑固な庄左衛門ですら、洋装で出掛けるようになり、歯磨き粉で歯を磨くようになった。卵を溶いてバターで焼くオムレットという料理は庄左衛門のお気に入りになった（七輪で拵えるのは年寄りの浦ではなく、若くて物覚えのよいハツだった）。貯古齢糖というものは食べたことがないが、了吉がここまで言うのだからさぞ旨《うま》いのであろう。

確かに丹賀宇多村にも東京が迫ってきているのかもしれない。ただし、東京に近くなるという了吉とちがって、静助には東京がこちらにずいずい迫ってきているように感じられてならないのだが。

「いろはを学んでどうするんだ」

「東京へ行って、商いをするんだよ！」

「東京で商い」

「そうだよ、今は、だれでも商いをしていいんだ」

「それは知ってるけど」

「頼むよ、せいちゃん。頼んでおくれよ。可津倉洋物店で働きたいんだ」

了吉は真剣だった。

この頼み事のために会いにきたのだな、とようやく気づいたが、粂や欣市が了吉を雇ってくれるかどうか静助にはわからない。わからないから安易に引き受けるのが躊躇《ためら》われた。

「なあ、うんと言っとくれよ、せいちゃん！　一生懸命働くよ。せいちゃんに迷惑はかけない」

了吉に拝み倒され、たじたじとなる。抛っておいたら、了吉の懇願はいつまでも続きそうだ。気の弱い静助は少々ひるんだ。

そもそも静助にはどうして了吉がそれほど東京へ行きたがるのかもよくわかっていない。そんなに簡単に了吉に商いが出来るとも思えない。なにせ了吉は農家の四男坊で、商いとは無縁の家で育ったのだ。粂や欣市が始めた可津倉洋物店はとりあえずうまくいっているようだが、それとて、近隣の村人を相手にしているから成り立っているだけで、生き馬の目を抜く東京だったら早々に店を畳んでいたのではないかと静助はぼんやり思っている。丹賀宇多で生まれ育った者があそこで伸《の》しあがるのは難しいにちがいない。東京にはすでに商店がたくさんあったし、様々な品が店先に溢れていたではないか。はたして了吉に付け入る隙《すき》があるだろうか。

おそらく、この時点ですでに静助と了吉の求めるもの、求める道は異なっていたのだろう。

東京なんて、ざわざわと騒がしく、気忙しく、やたら疲れるところだったとしか静助は感じていない。そこに潜在する恐るべき可能性、新しい時代の息吹きに別段惹かれてもいない。

静助にとって、東京で面白かったのは花火くらいだった。

学校をやめた後、川開きをした隅田川の縁《ふち》をぶらぶら歩いて花火ばかり眺めていた。川上から見たり、川下から見たり、広小路から見たり、橋の上から見たり。要領をおぼえると、まだほとんど子供も同然の年頃だったくせに、たった一人、連れもなく、気儘《きまま》に花火を楽しんだ。

今後の身の処し方を考えているふりをして、静助がすぐに丹賀宇多に戻らなかったのは、ひとえに、花火が見たかったからだった。どこかのお大尽《だいじん》が、気前よく上げてくれるのを待ちつつ、川端をそぞろ歩いた。一つでも二つでも、花火が上がれば、それで満足した。

今まで見たこともないような薄桃色や、鶸色《ひわいろ》の花火を見た時には、驚くのと同時に、心がときめいた。一段と明るくなった色合いは、紺の空にみごとに映える。いくら見ても、見飽きなかった。

秋風が吹いて空に花火が上がらなくなると、東京にいる意味がなくなり、静助は荷物をまとめ、丹賀宇多村に戻ってきたのであった。

静助にとって、東京とはそういう場所にすぎなかった。

隅田川の橋の上に立っていると、ひょいと漂ってくる潮の匂いが、いかにも東京だった。聞くともなしに聞こえてくる威勢のいい話し言葉が東京だった。どこからともなく流れてくる三味線の音色に、丹賀宇多とのちがいを感じた。それから、鍵屋の印半纏を着た、花火師の衆。彼らが乗り込む花火船。川面《かわも》を行き交う屋形船に日除船《ひよけぶね》。水菓子どうだい、蠟燭《ろうそく》いるかい、と船の間をうろうろ彷徨う、うろうろ舟。それらが東京だった。いや、それが東京である必要も、もしかしたらなかったのかもしれない。江戸が続いていたってちっとも構わない、と静助は思っていた。

そう、どちらだっていい。

江戸だろうと、東京だろうと。

川縁《かわべり》で何度も眺めた、ぽんと弾けた花火を思い浮かべながら、静助は、皆少しどうかしてるんじゃないか、と思いだしてもいた。

粂も欣市も。

庄左衛門も。

了吉も。

いったい皆、なにに心を奪われているのだろう。

どこへ向かっているのだろう。

静助にはそれがわからない。

ただ新しい時代の流れに従って、彼らはしずかに流れているだけなのだろうか。

行き先もわからぬままに。それとも、皆にはわかっているのだろうか、その流れの向かうところが。

花火を上げたいなあ、と静助は思う。丹賀宇多川の、川っ縁《ぶち》で、花火を一つ、二つ、上げてみたいなあ。

秋祭りの奉納花火ではなく（この年、東京から戻るのが遅れて静助は奉納花火を見損なっている）、隅田川のような、だだっ広い川縁で花火を見たいと静助は思う。丹賀宇多川なら、ちょうどいい。隅田川に比べたら川幅は狭いし、周囲は田圃《たんぼ》だらけだし、両国橋のような立派な橋はかかっていないが、多少なりともあれに近づけるのではないか。舟から花火を上げるのは無理だとしても、川原で上げたら、きっとなかなかに見応えがあるのではなかろうか。杢さんに頼んだら、やってみせてはくれないだろうか。

己が心を奪われているものが得体の知れないなにかではなく、あのうつくしい花火だということに静助はどこかしら安堵していた。

夜空をぴたりと動かず北を知らせる子《ね》の星とちがって、花火はすぐさま掻き消えてしまうけれども、静助にとって花火は、子の星のごとく、己をまっすぐ導いてくれるかけがえのない拠り所だ。

「せいちゃんにはわからないかもしれないが、儂は儂の才覚のみで、この世の中を渡っていきたいんだ」

と了吉が言った。「うちにはもう、兄じゃに嫁こが来た。まもなく子もうまれる。丹賀宇多にいたって、住む家もない」

了吉の家には、了吉の両親に、祖父母、兄三人がいた。嫁がきたのは跡継ぎの長男のところだろう。田畑があろうと、家を継げない弟たちに居場所はない。どうにかして、自らの食い扶持を稼がねばならない。

だからこそ、小作に出たり、宿屋で働いたり、静助の知らない苦労を、了吉はすでにしてきているのである。顔つきも、だいぶ大人びてきていた。

「わかった」

と静助は応じた。もう、それより他に静助には応えようがない。「うまくいくかどうかはわからんが、折を見て、雇ってもらえるよう、頼んでみよう」

了吉はその後、めでたく可津倉洋物店に雇われることとなった。

しかしながら、それは静助が頼んだからではない。

了吉が粂に直談判して雇い入れてもらったのである。

「静助さんがあんまりぐずぐずしているものだから、了吉さんはしびれを切らしたんだろうよ」

これは、後年、可津倉家に伝わる笑い話でもある。

「粂さんに頭を下げて、お願いしますと、了吉さんは、それはもう熱心に頼んだらしい。粂さんは、ちょうど人手も足りないことだし、了吉なら気心が知れているからと、軽い気持ちで雇い入れたのだそうだが、どうしてどうして、了吉さんときたら、算盤《そろばん》は得意だし、働き者だし、粂さんはいっぺんで気に入ったらしい。そうして、たいへん驚いた。こんなに出来る者だとは思ってなかったんでな。あるいは、倅とのちがいに気づいたのかもしれん。了吉は儲け話に鼻が利くというか、利に聡《さと》い。そのうえ、真面目。あの子が出世するのはあの時わかったと粂さんは言っていたそうだ。静助さんはそんなこととはつゆ知らず、正月明けに、ようやく意を決して了吉さんのことを話して、今頃何を言っているんだ、と粂さんに呆れられたらしい。おまえ、頼まれたんなら頼まれたで、なんでもっと早く言ってこないんだい、了吉ならもうとっくにうちの店で働いているよ。荷受け小屋で寝起きしてるよ。静助さんは、ただぽかんとしていたってさ。まったく静助さんらしいや」

親友の願いも、叶えてやれなかった静助さん。

時は金なりの了吉は、そうやってどんどん駆け出していく。

駆けていく友の後ろ姿を、彼はどんな気持ちで眺めていたのだろう。

可津倉洋物店は了吉の働きで、一回り、店の規模を大きくしていくこととなった。

八

「これが塩素酸カリウムだ。十一代目はこれを使ったんだ」

藤太に見せられ、静助は、ふうむ、と瓶の中を覗き込んだ。

小さな瓶につめられたその粉は、藤太が横浜で手に入れてきたものだった。

十一代目というのは、十一代目鍵屋弥兵衛《やへえ》のこと。

十一代目が鍵屋を継いで以降、花火はどんどんきれいな丸になり、大きさもいくらか大きくなり、極めつきが色だった。その色を作り出したのがこの薬なのだという。何年か前に静助が両国で見た、薄桃色や鶸色の花火がその始まりだった。

「これが、あれに」

「そうだ、これがあれに」

藤太もまた翌年それを見て、度肝を抜かれていた。

それまでの赤く、ほの暗い花火とはちがって、うっすらとではあるものの、そこには別の色がついていた。なぜそんなことができるのか、藤太にはさっぱり見当がつかない。一昔前の技しか知らない杢さんの下で働く藤太にとって、鍵屋の技はまるで夢かと見まごうばかりである。

いったいどうしたらああいう花火が拵えられるのだろう。

訊ねたところで、杢さんにも、わかるまい。

もともと江戸で生まれ育った藤太なので、両国近辺には知り合いも多い。ちょっと調べてみようと思い立った。

ところが、一年経っても二年経っても、なにもわからないのである。花火屋のまわりをちょいと嗅《か》ぎ回ればすぐに調べはつくと思ったのに、なにしろ花火屋稼業の連中ときたら口が堅い。それで食べているのだから、当然といえば当然なのだが、なかでも鍵屋は、十一代目の下で年々新しいことに挑んでいるので結束も固く、老齢になって鍵屋を辞めた者でさえ、容易《たやす》く口を割らなかった。

嗅ぎ回っていることが向こうに知られて警戒され、ついには容赦なく追い払われてしまう。

万事休す。

こりゃあ、だめか、と諦めかけた頃、ようやく、耳に飛び込んできたのが、塩素酸カリウムのことだったのである。ひょんなことから、横浜の輸入商が鍵屋にこの薬を売っているらしいと洩《も》れ伝わってきたのだった。

使い方まではよくわからないが、そうと知れたからには手に入れてみたい。

藤太はそう思った。

それで静助に話してみた。

静助は、目を輝かせ、そんな薬があるのならすぐに手に入れたらいいじゃないか、と言う。金の無心をしたつもりはなかったのに、資金も出すと早々に約束してくれた。

それならば、と藤太はいそいそ横浜くんだりまで出掛けて行き、手に入れてきたというわけだった。

庄左衛門の下で働きだした静助は、一年、二年と経つうちに、まずまず役に立つようになり、三年、四年で庄左衛門の右腕となり、近頃では右腕どころか、村会議員を辞し、床に伏せることの多くなった庄左衛門に成り代わり、可津倉家の当主のような顔で丹賀宇多村で働いていた。といっても、いつでもどことなくぼんやりとした、切れ者には程遠い、相変わらずの静助にはちがいないのだったが、このくらいの費用なら苦もなく捻出できるようにはなっている。

「これさえあれば、ここでも鍵屋のような花火が上がるのか」

静助が小瓶を藤太に返しながら嬉しげに言う。「そいつは、じつに、楽しみだ」

「いや、上がらない」

藤太ははっきりと物を言う。「花火を甘くみたらいけない」

小瓶に手ぬぐいを巻き、藤太は大事そうに懐にしまいこんだ。

静助は、啞然《あぜん》とした顔で、藤太の懐を見やる。大枚《たいまい》はたいて手にした小瓶なのに、ほんのすこし見せてもらっただけで早々に藤太の懐の奥深くへと隠されてしまった。

おい、ちょっと待て、上がらないとはどういうことだ。そもそも、ほんとうにそれが、その、塩素酸カリウムとやらなのか。あれこれ物言いたそうな静助をすかさず制して、藤太が勢いよく先を続けた。

「いいですかい、静助さん。そんなね、銭を出したからって、あんまり大きい顔をされちゃ、困りますぜ。色のついた花火なんてぇものはね、そうそう簡単に上げられるものではありません。うまくいかなくったって、怒っちゃなりませんぜ。銭はいったん捨てたと思っててください。うまくいったら御慰み。そのくらいの気持でいてくれなくっちゃ。十一代目にしたって、こいつを手にしてからが長かったんだ。こんなところでもたもた拵えている儂らに、そうすぐ追いつけるものではありません。それにだ、静助さん。あの鍵屋の衆はね、どうやら、もっとずっと先を行ってるようなんです。じつを言や、こいつぁ、もう古いらしいんだ」

「古いってどういうことだ。やっと手に入れたばかりじゃないか」

「いや、それはそうなんですがね。あやつらはもう、こいつに見切りをつけて、次の薬に移っちまったらしい。そういう噂を聞きました。鍵屋は新しく手に入れた薬を使って、赤や青や緑がはっきりわかる真ん丸い花火を拵えようとしているのだとか。まったく十一代目ときたら、容赦がないやね。誰も待たない。先へ先へと進んでいく。よくもまあ、次から次へと工夫できるものじゃあ、ないですか。赤や青や緑だなんて、呆れたもんです。あの頃儂らが見た、あのちらっと色のついてた花火より、もっとうんと明るくて、もっと空にぱんと映える、いい色の花火を、早けりゃ、この夏にも上げようって魂胆《こんたん》らしいですぜ。ありゃあ相当の自信があるとみたね」

　赤や、青や、緑。

　赤はともかく、青や緑の花火など、上げられるものなのだろうか。

　藤太はまるで見てきたように静助に話すが、もちろん、まだ見てはいない。

　見てはいないのに、期待だけで、見てきたような気になるくらい、鍵屋の新しい花火は人々の口の端《は》に上っていた。期待が膨らめばそれだけ、その珍しい花火を上げてやろうと金を出す物数奇《ものずき》な御仁《ごじん》が増えるから、これもまたひとつのうまい宣伝方法でもあったのだろう。

「それならその新しい薬とやらもついでに手に入れてきたらよかったじゃないか。せっかく横浜まで行ったんだから」

「んー、それはそうなんですがね。なんてぇ名前の薬なのか、もうひとつ、はっきりしなかったんだ。炭酸なんとか、って名前らしいんですが、それから先がさっぱり」

「たんさんなんとか、って、そこまでわかってんなら、いっそ聞いてみたらいいじゃないか。向こうだって商売なんだから、出すものをきちんと出す上客だと知れれば教えてくれたさ。教えてくれたら売ってくれたさ」

「おっと、静助さん。またなにをおかしなこと、言いだすんだい。田舎者はこれだから困るね。そんな物騒なやり方で買い物なんかしてみなせえ。いくら吹っ掛けられるかわかったものじゃありませんぜ」

「いくらかかったっていいじゃないか」

静助がそう言うと、藤太は四角い顔を盛大に歪《ゆが》め、深い溜息をついた。

「静助さん、ずいぶん大きく出たが、おめえさん、いったい何様のつもりだい？

庄左衛門さまが伏せってらっしゃるからって、あんまり調子に乗ってたらいけないよ。あんたね、静助さん、あんたは可津倉家の跡取りってわけじゃあないんだから。わかってますか。あんたは今だけ、たまたま跡取りの代わりをしている、ようは偽物の跡取りなんだ。そいつをいつでもしっかり肝に銘じてなくちゃいけないね。そう勝手なことをしているとそのうち家を追ん出されますぜ」

静助より一回りほど年上（欣市と同年輩）の藤太は、時折こんなふうにびしりと説教を垂れる。普段は静助を主人かなにかのように立ててくれているのに（それはむろん、静助が大家の倅であり、彼らの花火拵えの後ろ盾のようになりつつあったからなのだが）、いきなりくるりと風向きを変える。

「いいよいいよ。家を追ん出されたら、東京へ行って鍵屋にでも勤めさせてもらうよ」

ふてくされて静助が言う。

「ふん、鍵屋だって？」

藤太が鼻で笑った。「まったく、冗談じゃないよ」

「冗談ではないよ。そうなったら鍵屋にでも行くさ」

「おいおい、静助さん、なに、甘っちょろいこと、言ってんだ。いい年して、呆れたね。鍵屋にでも、ってね、静助さん、あんた、簡単に言ってくれるが、今をときめく鍵屋をなんだと思ってるんだ。鍵屋になんざ、決して潜り込めませんぜ。それともなにかい、まさか、あんた、その年で丁稚になれるとでも思ってんのかい」

昔、丁稚になれなかった藤太の怨念《おんねん》が籠もっている。

「なれないかい？」

「なれるわけがねえ」

「そうか。そんなら、家を追ん出されたらここへ逃げてくるとしよう」

「なんだって？　ここへ来るだって？」

「それもいいじゃないか。そうしてここでいっしょに花火を拵えよう」

藤太が噴きだした。

「いやはや、そいつぁ困ったねえ。ここはかつかつで、静助さんまで引き取れませんや。それにだ、静助さん。あんた、根が不器用だし、ぼうっとしているわりに、そそっかしい。それじゃ、だめだ。いつだったか、あんた、石臼に鉄の杵《きね》で火薬を砕いて破裂させちまったろう。あんなことされちゃ、手伝いひとつさせられねぇ。李さんに、石臼には鉄の杵を使ったらいけないってあれほど言われてたのに、ちっとも聞いてないんだから」

「うっかりしてたんだよ」

「そのうっかりが命取りだ。花火ってのはね、ただきれいなだけとは違うんです」

「わかってるよ。危ないからこそきれいなんだ」

それは杢さんの口癖でもあった。

玉屋にいた頃に、近辺を半町も焼く失火を経験しているだけに、杢さんはその危なさをよく知っている。うつくしさの根底にそれがあるとよくわかっている。

だからこそ、杢さんの仕事っぷりは、丁寧で慎重だった。

「まあ、だからともかく、花火のことは儂らにまかせて、静助さんは、村のことや、可津倉家のことを第一に考えていてください。そうして、儂らをちょこっと助けてください。それが互いのためだ。ね、静助さん。庄左衛門さまだってご病気なんだ、兄上さまも今はこちらにはいらっしゃらないんだし、静助さんがしっかりと留守を守らねば」

庄左衛門は、病で床に就いて以降、衰える一方だった。

条はその看病のため、可津倉洋物店の仕事から手を引き、丹賀宇多村に戻っている。

けれども欣市は相も変わらず可津倉洋物店に掛かりきりで丹賀宇多村には戻っていなかった。

というか、戻るどころではなかったのだった。

たった数年のうちに、可津倉洋物店は街道筋の店だけでなく、洋物全般を扱う卸し問屋として、日本橋のはずれに新しく店を構えていた。

一足先に洋物店を開いて成功した強みを活かし、丹賀宇多のような鄙《ひな》びた所で洋物店を開きたいという輩《やから》に、そのやり方を教え、商品を卸すという新たな商いを始めていたのである。

考えたのは了吉だった。

洋物店はいいですよ、そりゃあもう吃驚《びっくり》するくらい儲かりますよ、今から始めるんなら洋物店にかぎりますよ、と誰彼なく説いて回っているうちに、その気になる者が現れ、相談されるようにもなり、こうなったら乗りかかった船だとばかりに手取り足取り懇切丁寧に教えてやっていたら、すっかり頼りにされ、遠方の店からは商品の仕入れを頼まれるようになった。そんな手間のかかることを引き受けるんなら、手間賃を取って商売にするしかないではないか、そう思った了吉は、すぐさま欣市を口説いたのである。

きっとうまくいきます、損はさせません、という口車に、つまり欣市はまんまと乗せられたわけであった。

ところがこれが大当たり。

しくじったらすぐに店を閉めるつもりでいたのに、閉めるどころか、街道筋の店よりうんと儲かるようになってしまった。

驚いたのは欣市である。

粂といい、了吉といい、どうしてこう、先を見通せるのだろう。

したり顔の了吉は、だから言ったでしょう、もっともっと儲けましょうよ、今の世の中、儲けの種はそこらじゅうに転がってますよ、と欣市を煽《あお》り立てる。己の働きに自信を得たのか、そうこうするうち取引先に頼まれて金貸しのようなことまで始めたり、先物取引に手を出したりと、暴れ馬のごとく振る舞いだした。欣市はそんな了吉に徐々に振りまわされるようにもなっていたのだったが、かといって、利益を生む了吉を手放すわけにもいかない。了吉に影響され、いつしか欣市も、利益という魔物にすっかり魅了されてしまっていたのであった。根が真面目だから、一生懸命、励みすぎたのかもしれない。商いを志していたわけではなかったのに、気づけば、すっかり商売人と化していた。

了吉は、人をおだてるのもうまく、可津倉洋物店は学のある欣市さんがいてこそだ、欣市さんが重しとなっているから信用される、だからなにをやってもうまくいく、とやたら持ち上げ、欣市をいい気持ちにさせる。実際その通りでもあるのだが、反面、重しとなっている自分がいなくなれば了吉がどのような所業に及ぶか、欣市には想像もつかない。利に聡い了吉が嗅ぎつけてくる儲け話にはたえず危険な匂いが漂っていたし、ともすれば危険を顧みず突っ込んでいく了吉が恐ろしくてたまらない。利益というものに目をくらまされた欣市は、了吉という暴れ馬を手放すわけにもいかず、さりとて手綱を緩めるわけにもいかず、一蓮托生《いちれんたくしよう》となって了吉と共に可津倉洋物店に貼り付いていたのであった。

妙なことになったと首を傾げていたのは粂だった。

可津倉洋物店を始めたばかりの頃は、ただ楽しいばかりの手慰みで、こんな大袈裟な店にするつもりは毛頭なかったのに、というか、粂はむしろ、捨てても惜しくはない程度の小さな店として細く長く商いをつづけ、いずれ欣市が可津倉家の跡を継ぎ、嫁が来て居づらくなって、出て行かざるをえなくなったら、金子代わりにこの店を譲ってもらう腹づもりでいたのに、いつの間にやら、それどころではなくなってしまっていたのである。粂が思いついて始めた店なのだから、欣市に頼めば、きっと譲ってくれるだろう、店さえあれば先々なんとかなるという皮算用は、脆《もろ》くも崩れさってしまったのだった。

気づけば欣市はどっぷりと可津倉洋物店に浸《つ》かりきっている。

どうしてこんなことになってしまったのだろうか、了吉を雇い入れたのがまずかったのだろうか、と悔やまれるが今さら後戻りも出来ない。

齢三十を超えたというのに商いに明け暮れる欣市にはまだ嫁もいない。東京で暮らす欣市にはいつの頃からか、置屋で生まれ育った葉《よう》という女がいっしょにいるのだが、庄左衛門に反対されるとわかっているから、誰にも知らせてはいない。行きがかり上、粂だけが知っている。幼い頃から聡明で生真面目だった欣市が玄人筋《くろうとすじ》の女とどうにかなるというのも粂には驚きだったが、融通がきかない男にかぎって色恋の深みに嵌《はま》りやすいのだろうと納得もしていた。

それならいっそ、葉を嫁にもらってしまえばいいのだが、庄左衛門ときたら、村会議員になった頃から突如として、欣市の嫁には武家の出の娘を、と言いだし、長らく執心しているため、葉を連れ帰るわけにもいかない。

葉も別段それでかまわないと言っているらしく、事態が動く気配は一向にない。

まことに面妖《めんよう》なことだと粂は感じる。

家に戻ってとうに後を継いでいるはずの欣市がこんな体《てい》たらくだから、跡取りでもない静助が庄左衛門の代わりとして忙しく丹賀宇多村を駆けずり回っている。

まったくこんな奇妙な逆転があっていいものだろうか。

思い描いていたものとはまるでちがう現実に粂は戸惑うばかりなのだった。

欣市も欣市だが庄左衛門も庄左衛門だ。粂が飯屋の孫娘にすぎないというのに、いったいなんだってまた欣市の嫁が武家の出である必要があるのだろう。庄左衛門がそれほどまでに武家に憧れを持っていたとは粂はまったく知らなかったから、なんだか少し情けないような気持ちにもなった。ご一新で身分がなくなったというわりに、いや、身分がいったんちゃらになったがゆえに、よけいにおかしな欲が出たのだろうか。

古稀《こき》を迎えてすっかり老いた庄左衛門は、近頃ますます頑固になった。

なにがなんでも武家の娘を欣市の嫁に探してこいと粂に言う。

自ら探してくる体力も気力もとうに失せたので粂に頼むしかないのである。

そう言われたって、可津倉の係累を辿ったところで武家に行き着くわけもなし、さりとて懇意にしている元お武家さまがいるでなし、粂にしてみたら探しようもない。ご一新で食い扶持をなくしたどこぞのお武家さまが、慣れない商売ですっからかんになっただの、娘を遊郭《ゆうかく》に売り飛ばした者がいるだのと、徳川の御代が瓦解した後のろくでもない噂は面白可笑《おか》しく耳にするから、探せばどこかに嫁いできてくれる娘もいるのかもしれないが、無闇に誰かに世話を頼んで、可津倉家は嫁取りに武家の娘を探しているらしいなどと噂が広まるのは避けたかった。なにを滑稽な、と笑い者にされるならまだしも、偉ぶっている、調子に乗っていると捉えられ反感を持たれたらまずい。

条は途方に暮れるばかりなのであった。


ちょうどその頃、浄心寺の離れで、向陽先生が亡くなった。静助がさんざん世話になった向陽先生なので、静助はもちろん、条も弔いに行ったし、手伝うことがあればすすんで手伝いをした。浄心寺の住職や、その妻とも久しぶりにゆっくり話をする。住職としての仕事をほとんど息子にまかせ、隠居暮らしのようになって以来、彼らとは顔をあわせることもあまりなかったから、思いがけず話は弾んだ。

お寺の離れとはいえ、長年、寺に向陽先生を住まわせてさしあげて、お世話をしてあげて、たいへんご立派なことでした、と条は二人を労《ねぎら》う。

いや、たいしたことはありません、と老住職はこたえた。

あの子らがよくやってくれてましたからな。ここへ来た時は二人ともまだ幼くて、下の子は赤子同然、無事育つか危ぶんだくらいですが、どうしてどうして二人揃って、いい娘になりました。向陽先生が手塩にかけて育てただけのことはありますよ。

琴音と萩は、向陽先生の一人娘を母に持つ。

その母と父をほぼ同時に喪《うしな》い、祖父である向陽先生に引き取られたので、琴音と萩には他に身寄りがない。父方の家とは、わけあって、父の生前より行き来が途絶えてしまっているようだった。

そんな事情もあって、向陽先生亡き後、老住職は、琴音を近いうちにどこぞへ嫁に出し、萩は養女にするつもりなのだと言う。

萩を連れていては琴音は嫁にいかれないし、かといって萩を抛りだすわけにもいかない。そうするしかあるまい、と老住職は息子と相談し、決めたのだそうだ。

それはなによりでございます、と粂は返した。この寺の娘御《むすめご》となられれば先々も安心でございましょう。

そう言いながら、ふと粂は思いだした。

そういえば、この娘らの実の父は戊辰の戦で亡くなったのではなかったか。

訊ねてみると、住職は頷き、まあ、そんなところです、と答えた。正しくは戊辰の戦で亡くなったというのではなく、戦の時の傷が因《もと》で亡くなったのですがな。だが、それでも、煎《せん》じ詰めれば戦で亡くなったのと同じですわ。そういうことにしてやらないと、亡くなった者が哀れです。同じように皆と共に寛永寺で戦ったんですからの。

粂がはっとする。

かんえいじ、というと、上野ですか、と訊ねる。

住職が、首肯《しゆこう》する。

粂の胸が高鳴った。

戦で亡くなるのはなにも武士ばかりではない。だから戦で亡くなったと聞いても、たいていは、ああそうか、と思うだけなのだが、寛永寺と聞けば話は別だ。上野の寛永寺といえば彰義隊《しようぎたい》。とすれば、もしや。

お二人のお父上はお武家さまなのですか、と粂は訊く。

住職は笑い、ああ、そうですよ、と言う。といっても、あの娘らの父は、下士も下士、貧乏な御家人の次男で、家は継いでおらんのですがな。

そんなことはかまわない、と粂は思う。いやむしろその方がよい。

粂は念を入れる。

でもお武家さまにはちがいないんですね。

老住職は、そうですよ、とまた頷く。あなたはご存じないかもしれないが、向陽先生もなかなかたいしたお家の出でしてね、だから一人娘の嫁ぎ先としては不釣り合いでもなかったのです。それどころか、じっと待っていればもっといい縁談だってあったことでしょう。ところが折悪しく攘夷《じょうい》思想に与《くみ》したと誤解されて睨《にら》まれ、向陽先生は里に隠れなくてはならなくなった。それですべてがおかしくなってしまったのです。

まあ、と粂は驚く。あの先生はそのようなお方でしたか。

粂はめまぐるしく頭を働かせた。

そうして、いきなり切り出す。

琴音さまを可津倉家の嫁に迎えるわけにはまいりませんか、と。

あまりのことに、老住職は戸惑った。琴音を嫁に出すつもりだとは最前言ったばかりだが、可津倉家にもらってくれと言ったおぼえはない。それなのに、なぜ粂はいきなりこんな突飛なことを言いだしたのであろうか。

問い質《ただ》すと粂はこたえた。

恥ずかしながら、我が可津倉家の跡取りである欣市にはまだ嫁がおりません。早く嫁を、と周りはしきりに気を揉《も》んでおりますが、今日《こんにち》までよい御縁にめぐまれずにおりました。琴音さんならば、誰も文句は言いますまい。いかがでしょうか。欣市の嫁に琴音さまをいただけないでしょうか。

老住職はますます戸惑うが、そうかといって断る理由はない。琴音を早く嫁に出したいと思っていたのは本心だし、可津倉家の跡取り息子なら不足はない。それどころか、これ以上の縁談があるとも思えない。欣市の人品も、幼少の頃から大層賢かったというのもよくおぼえているから、まず大丈夫だろう。お粂さん、ほんとうに、琴音でいいんですか、と確かめる。

もちろんです、と粂。

だがしかし、いやね、あなたを疑うわけではありませんが、後々、破談ということにでもなれば琴音も傷つきます。即諾《そくだく》するわけにはまいりません。庄左衛門殿にご相談されたうえで、もういちど、正式に話を持ってきてもらえますかな。

粂は承知し、晴れ晴れとした心持ちで寺を後にした。

これでようやく、というか、思いがけずというか、長い間心を悩ませていた懸案が片づいたのだ。

庄左衛門が否と言うわけがないと粂にはわかりきっていた。

あれだけ望んだ武家の娘が嫁にきてくれるのだから、諸手《もろて》を挙げて、迎え入れるにちがいない。それに琴音はまるで知らない娘ではなかった。容姿も人並み以上だし、子宝に恵まれそうなよい身体つきをしている。働き者だという噂も聞くし、苦労している分、武家の出とはいえ、高慢ではなかろう。その点、粂にとってもやりやすい。こんないい縁談が他にあろうか。

欣市を説得する自信はあった。

可津倉家には嫁が必要なのだ。可津倉家の跡取りとして認められたければ早く嫁をもらうことだ、と訴えたらよい。欣市も莫迦ではない。そのあたりの理屈はとうにわかっているはずだ。

ようするに、ここらで覚悟を決めるよう、引導を渡せばよいのである。

なにも葉と別れろと言うのではない。

葉との暮らしはそのまま東京でつづけたらよい。

嫁はこの丹賀宇多の家でもらうのだ。

東京の暮らしとは関係ない。

それさえはっきりさせれば、欣市は折れるだろうと粂は踏んでいた。

葉がごねれば話は別だが、おそらく葉も、承諾するだろう。葉は、丹賀宇多で暮らせるような女ではないし、この村へ嫁に来る気などさらさらないと粂はとうに気づいている。欣市との間に子はないから、葉はその点でも引け目を感じているはずだった。

欣市の嫁が琴音に決まった時、静助の驚きはいかばかりであったか。まさか琴音が兄嫁になる日が来ようとは露ほども思っていない。

「よかったではないか」

と静助は可津倉家にやって来た琴音に言ったらしい。

「はい、ありがとうございます」

と琴音はこたえた。

この婚礼が決まった裏の事情を静助はこの時ほとんど何も知らされていないから、どこからともなく縁談が持ちかけられたのだろうとぼんやり思っている。とうぜん葉のことも知らない。

なので、兄なら琴音を幸せにしてやれるだろうと静助は信じていた。

可津倉洋物店の成功に伴い、丹賀宇多にほとんど帰ってこなくなった兄ではあったが、その人の好《よ》さを静助は知っている。

兄も琴音ならきっと満足するだろう。

静助は琴音がすぐにでも東京へ行くとばかり思っていた。

そうなれば、静助もまた東京へ出掛けて行きやすいと内心喜んでいた。

近年、静助が東京へ行こうとすると欣市は先回りして宿を用意するようになり、家に泊めてくれなくなっていた。そのうえ静助をまるで客人のようにもてなし、豪勢な飲食のみでは飽きたらず、おまえももう一人前の男なのだから、と遊郭などにも連れて行く。なぜそこまでしてくれるのかわからないが、有り難いとは思いつつ、はた迷惑にも感じていた。なにより、花火を見物していればそれで事足りる静助にとって、それらは過分なもてなしに過ぎず、そこまで気を遣ってもらってはかえって申し訳ないと思うばかりで、居心地も悪く、自然、足も遠退《とおの》いてしまう。琴音と暮らすようになればまた家に泊まらせてくれるのではないか、と静助は思う。たとえ泊まらせてくれなくとも、宿にいる静助を連夜引きずり回す暇はなくなるのではないだろうか。そうなれば、安気《あんき》に、花火見物ができる。

静助にとっては、そちらの方がうれしい。

鍵屋は毎年、少しずつ進んだ色つき花火を上げていると聞く。ついに青いのが上がったという噂を耳にしたが、嘘か真《まこと》か、この目で確かめてみたい。

なんなら琴音を連れて行ってやってもいい。

杢さんの花火しか見たことのない琴音にあれを見せてやったらどんなにか驚くであろう。慣れぬ東京、琴音にだって楽しみの一つくらいあっていい。

ところが琴音はいつまで経っても東京へ行かないのだった。

祝言も済んだし、欣市も東京へ戻った。

いつ行ってもおかしくないのに琴音は行かない。

夏が来ても行かない。

これでは夏が過ぎ、秋になってしまう。

花火の季節が終わってしまう。

なぜ行かぬのだ、いつ行くつもりだ、と琴音に訊ねても、琴音は、さあ、わかりません、と応えるのみ。

むろん、琴音も葉のことは知らなかった。

欣市の家はここなのだから、嫁のおまえさまはここにいたらよろしい、と粂から言い渡されて動けなかったのである。欣市とはまだそれほど打ち解けていないから欣市の考えを聞こうにも聞けない。となれば、姑の考えを黙って受け入れるしかないではないか。可津倉家の跡取りがいつまでも東京へ行きっぱなしでは困るから、琴音はここにいて、子を産みなさい。さすれば、旦那さまもこちらが気がかりになって頻繁に戻ってこられましょう。粂のその言葉に琴音は素直に従っていたのだった。

幸い、嫁ぐにあたって萩の面倒もみようと庄左衛門が申し出てくれたので、萩もまた、浄心寺の養女になることなく可津倉家で共に暮らしていた。話し相手がいてくれるので寂しさも感じない。

それどころか、まだ他人のような欣市と二人きりで東京で暮らすより、萩と共に、なじんだ土地で暮らせる方がよいと琴音は呑気に思っていた。

可津倉家での暮らしに、琴音はなんの不満も不安もなく、東京の欣市を疑うことも、粂の言葉を不審に思うこともなかった。

琴音には丹賀宇多で平穏に暮らせるだけでじゅうぶんだったのである。

なんといっても、琴音の暮らしは幼い頃からずっと不安定だった。

いつ、野垂れ死にしてもおかしくないような辛酸もなめてきた。

この村の住職が手を差し延べてくれた後も、暮らし向きは楽ではなかった。

苦労が染みついた琴音にとって、安心して暮らせることが、なによりもっとも大切なのであった。

ずうずうしい、と言われてしまえばそれまでだが、もしかしたら、ここで暮らしていたら、萩を上の学校へ行かせてやれるかもしれないという、ひそかな願いも琴音は隠し持っていた。

この家にはそのくらいの財力はある。

琴音は祖父が病で倒れた折りに尋常科を中途でやめてしまい、先々の道が断たれていた。いくら大事な祖父のためとはいえ、悔やむ気持ちが残っているのは隠しようもなく、同じ轍《てつ》を踏ませないために、琴音は、萩にはなにがあっても（方々に頭を下げ、時には金も借り）学校をやめさせなかった。

そうして尋常科を出た後も祖父の下で学問をつづけさせたのである。

萩は姉の期待に背かぬよう、寺の下働きをしつつ懸命に学問に励んだ。寺の養女に、と住職が申し出たのも、おそらくそんな萩を間近で見てきたからだろう。

ご一新で、世の中が変わり、女であっても、学べる道は大きく拓《ひら》けた。ならば、せめて萩だけでもその道を歩ませてやりたい。

ご一新で、しなくともよい苦労を沢山したのだから、ひとつやふたつ恩恵を被《こうむ》ったっていい。

琴音はそう思い、萩のために身を粉《こ》にして働いたのだった。

たいした稼ぎにならなくとも、よその村にまで働きに行っていたのもそのためだった。

琴音にとって、萩への望みが、己への慰めでもあったのだった。

九

可津倉家に琴音が嫁にきて、ほどなくして、庄左衛門が亡くなった。

長年の夢が叶《かな》い、気が抜けてしまったのかもしれない。

祝言から数日経つと、身体が重いといって起きてこなくなり、そのまま寝付いて、あっという間に逝《い》ってしまったのだった。

家督を継いだのはむろん、惣領《そうりよう》の欣市である。

周囲の目もあって、これを機に、丹賀宇多村に戻ってきた欣市ではあったが、なにぶん、東京での暮らしが長すぎた。丹賀宇多での暮らしも、仕事も、なんだかすっかり水が合わなくなっている。

どうしたことだろうと欣市は訝《いぶか》った。

この日が来ることは、物心ついた頃より教え諭《さと》されてきたし、覚悟もしていたのに、この役割がどうにもしっくりこない。

覚悟とともに培われていたはずの心構えも、いざとなると、脆《もろ》いものだった。

なんだか呆然《ぼうぜん》としてしまう。

旧態依然とした丹賀宇多村にいると、まるで徳川の御代《みよ》に戻ってきたかのようにも思われた。

薄暗い土間、肥溜《こえだ》めの臭い、ぬかるみだらけの畦道《あぜみち》。

家の内も外も、どこもかしこも見知った顔ばかり。

日の出とともに起き、空模様に一喜一憂し、田圃や畑で身をかがめ、誰も彼《か》も百年一日のごとく暮らしている。

百年前から変わらぬのなら、百年先も同じではないかと思えてくる。

欣市にはそれが恐ろしかった。

ここにはなにもない。

世の中から置いてけぼりをくらったかのように、ここは静かに凪《な》いでいた。

いつまでもこんなところにいていいのだろうか。

いいに決まっている、というか、いなくてはならないのだが、欣市の身の裡《うち》には、正体不明の、焦りに似たものがふつふつ、ふつふつと湧《わ》き起こってくる。

東京に置いてきた葉のことも気になったし、了吉に委《ゆだ》ねてきた可津倉洋物店のことも気になった。

なにより東京そのものが気になって仕方ない。

たまらなくなるとひょいと様子を見に行く。

さすがにもう名主ではないので、なにがなんでも丹賀宇多にいて、村の隅々まで目を光らせていなければならないというわけではないのだが、だからといって、そうそう不在で済ませられるものでもない。日々、田畑を見回り、収穫の目処《めど》を立て、小作人たちの具合を見、あれやこれやと話し合い、数え上げればきりがないほど細々した仕事がいくらでもあった。小作料や家賃の徴収、農具の貸し付け、修繕の手配。米や他の収穫物の売買も大事な仕事だったし、揉《も》め事があればすすんで仲裁もせねばならない。不平や不満の聞き役でもあったし、貧しい者に請われれば質屋の真似事もした。昔ながらの小商いもやめていなかったし、入会地の管理や用水路の保全も代々可津倉家の役目だった。

どれもそう面白い仕事ではない。地味だし、手数ばかりかかる。

それでもやらねばならない。

わかっていても、数週間ほどすると、欣市はふいと東京へ行ってしまう。

丹賀宇多は東京とちがって狭い。

その狭さが欣市にはやりにくくてたまらないのだった。

人と人との決まり切ったやりとりも、なにより心根が肝腎《かんじん》で、そこを誤ると時には怨《うら》まれたり、疎《うと》まれたりする。

いったんこじれると長引く。

元に戻すのが容易ではない。

欣市にはそれが面倒でならない。

つい溜息が出る。

長く東京にいた分、お高くとまっていると思われがちだから、愛想良くせねば、と気負うものの、慣れないことゆえ、ままならない。なんとも億劫《おっくう》な事ばかりだった。

丹賀宇多にいると、東京と違ってあらゆることが額面通りにいかない。

長い時をかけ、様々な経緯が積み重なったうえで物事が成り立っているから、理不尽だと感じても、いちいち目くじらを立てず、阿吽《あうん》の呼吸でやり過ごさねばならない。そこを理解していないと無能扱いされ、蔑《さげす》まれた。

とにかくやたら気疲れする。

一日《いちじつ》の長《ちょう》のある静助のやり方に学ばねばならないのも欣市には気に食わなかった。

兄弟仲が悪いわけではないのだが、東京の専門学校をやめて丹賀宇多へ逃げ帰った不出来な弟に頭を下げて教えを請うのがどうにも耐え難い。こんなことなら、庄左衛門の生きているうちに、いくらかでも教わっておくのだったと悔いてみても、後の祭り。静助がまた、教え方がすこぶる下手ときていた。というか、庄左衛門の手伝いをしながら、叱《しか》られたり小突かれたりして、どうにかこうにかやり方を身体に染みこませていった静助には、教えるべき点がなんなのか、じつはよくわからないのである。そのうえ、静助は了吉とちがって欣市の顔を立ててじょうずに祭り上げるということができない。こんな田舎の、ありふれた仕事くらい誰にでもできる(だから静助にもできている)と欣市がどこかで高を括《くく》っていたのも始末が悪かった。

やることなすことうまくいかなくなっていく。

周囲の者からも、苦言を呈されるようになる。

欣市はじりじりと追いつめられていく。

真面目だからこそ、やりきれなくなり、うんざりする。

庄左衛門のように村の衆から一目置かれたいとまで望んでいたわけではないのだが、劣っているという目で見られたくはなかったし、軽んじられるのは我慢ならなかった。

丹賀宇多そのものに嫌気がさす前にいっそ逃げだしてしまいたいとも思うが、家督を継いだ以上、逃げだすわけにもいかない。

街道筋の可津倉洋物店はまだ残っていたから、息抜き代わりに顔を出してみたりもしたけれど、まったく気は晴れなかった。相変わらずの小さな店内には了吉が仕込んだ丹賀宇多出の若者がいて、一人で切り盛りしていた。つまり、欣市の出る幕はない。ここにも欣市の居場所はなかった。

なんだかんだと用事を作り、欣市は次第に東京へ行く回数を増やしていく。あちらでの滞在日数も延びる一方。

琴音の妊娠がわかっても、欣市の態度は改まらなかった。子が出来たのを喜んでいるようではあったし、琴音の身体を始終やさしく気遣いもするのだけれど、だからといって丹賀宇多に腰を落ち着ける気配はない。粂《くめ》に、琴音のことをくれぐれも頼む、と申しつけると、後ろ髪引かれる様子もなくさっさと東京へと出掛けていってしまう。すると何週間も戻って来ない。

琴音は何も言わない。

粂も何も言わない。

家長は欣市なのだから、差し出がましい口をきくわけにはいかず、琴音も粂も、行ってらっしゃいませ、と三つ指ついて送りだすだけだ。

それにしても、どうしてああも頻繁に東京へ行くのかが粂にはさっぱりわからなかった。

庄左衛門が亡くなり、家督を継いだからには、東京のことはいずれ一切合切、店も葉も含めて整理するものだとばかり思っていた。簡単に整理がつかなくとも、徐々に、そうなっていくのだろう、きっとどうにかするのだろうと粂でなくとも思うはずだ。はじめ、粂はそのための下準備に東京へ行っているのだと勘違いしていたくらいだったが、欣市が重きを置いているのはどうやら東京の暮らしらしいとわかってくる。

粂は呆《あき》れた。

欣市の態度を見ていると、本宅はまるであちらのようではないか。

いったい欣市は何を考えているのだろうか。

この家のことをうっちゃって、洋物店での商いに血道《ちみち》を上げているのは、これから先、あちらを本筋にしていくつもりだからだろうか。実入りの多寡《たか》を考えたらそれも有り得る話ではあるが、だからといって、粂にはどうにもその考えが受け入れ難い。

父祖伝来の土地を守るというのが家長にとって、もっとも大切な役目ではないか。欣市はそれを忘れてしまったのだろうか。可津倉洋物店なんて、あんなもの(と、いわばこの店の生みの親である粂は思う)、ほんの余業にすぎないと、欣市はなぜそんな当たり前のことがわからないのだろう。

商いなんてものは、風向き一つで、浮沈する。じつに寄る辺《よるべ》ないものだ。それに引き換え丹賀宇多の実り多き土地は、ちっとやそっとでは動じない。どちらが本筋か、比べるべくもない。欣市にはそれがわからないのだろうか。粂はもう、可津倉家を追い出される日は来ないし、居づらくなって自ら出ていくこともないだろうと思っていた。

案ずるより産むが易《やす》し。

長く思い煩《わずら》ってきたことではあったが、ここに至って、粂はようやくこの先も安泰だと実感できるようになった。なぜって、今やはっきり見通せる。庄左衛門亡き後、この家を支配しているのは欣市ではない。むろん琴音でもない。

粂だ。

粂でないなら静助だ。

静助がこの家を出される日が来るなんて最早《もはや》有り得ない。

家督こそ継いでいないものの、静助がいなくなったら可津倉家は回っていかないし、静助がいなくなったら最後、この家が立ち行かなくなるのは目に見えている。

その重大さに粂はいち早く気づいていた。

静助に欣市の代わりはできても、欣市に静助の代わりはできない。

つまりはそういうことだ。

可津倉家を背負っているのは今や静助。

名《な》を取ったのは欣市だったが、実《じつ》を取ったのは期せずして静助だったのである。

本来ならばこの事実を前に、欣市はもっと焦らなくてはならないはずだが、欣市にその様子はない。

ということは、もしや、本当に、欣市は可津倉洋物店を本筋にして、いずれ丹賀宇多を捨てるつもりなのかもしれないと粂は忖度《そんたく》する。と同時に空恐ろしくもなる。

万一そうなったら、可津倉家はどうなるのだろう。父祖伝来の土地はどうなるのだろう。よもや失うことにでもなったらあの世の庄左衛門に合わせる顔がない。

家督を継ぎながら、その役目を果たさぬとはどういう料簡《りょうけん》かと、庄左衛門に成り代わって詰め寄りたいくらいだった。

あれほど期待をかけ、あれほど可愛がって育てた欣市がこの様《ざま》とは、あの世の庄左衛門も泣くに泣けまい。

こうなったら、静助に守らせる。

綿々と守ってきたものは綿々と守っていく。それが肝要だ。そのためにならどんなことでもしよう、静助を助けようと粂は思う。

それこそが庄左衛門への恩返しだとも思う。

庄左衛門には恩がある、と粂はつねづね思っていて、その思いは、庄左衛門亡き後、日々強くなる一方だった。

父親ほども年の離れた子連れの庄左衛門に嫁いだ時には別段嬉《うれ》しくもなかったし、ずいぶん苦労もさせられたものだったが、それでもその後、それを補って余りある良い目を見させてもらった。

すべて、庄左衛門のお陰だった。

年を取れば取るほど、そのありがたさがわかってくるし、今更ながら、庄左衛門の寛大さが身に沁《し》みる。あんないい人はいない、と在りし日の庄左衛門を偲《しの》んで芝居がかった涙を浮かべることすらあった。

自由、自由と、近頃世の中は、そんな言葉で喧《かまびす》しいが、粂こそ、まさしく自由だった。自由をたっぷり味わわせてもらった。

名主の後妻として、口やかましい舅姑《しゅうとしゅうとめ》に仕え、古くさい家にしがみついて一生を終えるつもりが、思いがけず何度も東京へ行き、芝居見物をし、好き勝手に買い物をし、極めつきが可津倉洋物店だった。

どうしてあんなことが許されたのか、いまだに粂にはわからない。やはりご一新で世の中が変わったからだったろうか。

まったくあれは夢のようだった。

頭に思い描いたものが、現《うつつ》で形となった。そのうえ、頭で思い描いていたとおり、店は繁盛したのだ。

あんな面白いことが他にあろうか。

あの頃の楽しさを思い浮かべるだけで、粂は今でも、胸が熱くなる。

あの頃の楽しさを思い浮かべるだけで、粂は今でも、愉快な気持ちになった。

それだけで今の粂は満足だった。

庄左衛門が病に倒れた折り、躊躇《ためら》うことなく粂は丹賀宇多村に戻ってきたが、それほどの大病ではなかったにもかかわらずその時粂が戻ったのは、ここで戻らなければ、女が廃《すた》る、ではないけれど、人でなしだと感じたからだった。

丹賀宇多に戻った粂に庄左衛門は言ったものだ。おまえ、もう洋物店はいいのか。

粂は返した。もういいですよ、もう気がすみました。

そうか、気がすんだか、と庄左衛門はうなずいた。気がすむまで、庄左衛門は、粂を好きにさせてくれたのだ、と粂はその時思い知った。

東京も、芝居見物も、買い物も、なにもかも、気がすんだ。

すんでしまえば、さっぱりしたものだった。

あの頃は、少しばかり浮かれていたのかもしれない、と粂は思う。浮かれ気分は、いつまでもつづくものではない。粂も年を取り、東京はまた遠くなった。わざわざ東京まで出掛けていく気力は今の粂にはない。

可津倉洋物店にも未練はなかった。あれはもう、粂の知る可津倉洋物店ではない。了吉を雇い入れてからというもの、可津倉洋物店は少しずつ変わっていった。粂が丹精した店は、もうどこにもない。東京の本店は卸売りが主体の殺風景な店だったし、街道筋の店も、売れ筋や利幅ばかりを気にしてすっかり華やぎを失ってしまった。了吉が手を出している金貸しや先物買いに至っては、粂にはなんの興味もない。

商いに儲《もう》けばかりを追い求め、可津倉洋物店は本当につまらない店に成り果ててしまったのである。

あんなもの、了吉にくれてやればいいのに、と粂は思っていた。

あの店は了吉にこそ、ふさわしい。

ふさわしい、というより、あの店はすでに了吉の店ではないか。

欣市はきっと、そのことにも気づいていないのだろう。

そうして粂は、やはり可津倉家は静助にこそふさわしいとあらためて感じ入るのだった。

十

焔硝蔵で、背中を丸めて花火を拵《こしら》えている杢さんと旧交を温めあった琴音は、そのあと番小屋の隣に新たに建てられた茅葺《かやぶ》きの住まいや、作業小屋、花火の干し場を眺めてまわり、切り株に腰掛けると、ずいぶんここ、立派になったのねえ、と言って臨月の腹をさすった。

静助はその横顔をつくづく眺める。

二人の足元を、鶏が、こっこ、こっこ、と鳴いて動き回っている。

杢さんに会いたいから連れて行ってくれないか、と頼んできたのは琴音だった。急にそんなことを言われて面食らった静助だったが、琴音と杢さんは昔なじみだし、杢さんは老い先短い年寄りだし、琴音も初めてのお産を控えて不安なのだろう、と頼みを聞いて連れてきたのである。

静助だって初産の難しさはよく知っている。お産で亡くなる者もあったし、産後の肥立《ひだ》ちが悪くて長く寝付く者もあった。琴音の実母も、萩《はぎ》を産んですぐに亡くなったと聞く。そんな体験をしていれば、会いたい人に会っておきたいと願う気持ちにもなるのだろう。

そう慮《おもんぱか》って承諾したのだったが、琴音の思惑はそんなところにはなかったようだ。

家を出て、二人きりになった途端、琴音が言ったのである。

「葉という人をご存じですか」

「よう?　だれだい?」

「あちらには、葉という人がおられるのだそうです」

「あちら?」

「東京の家には葉というお方が」

「よう？」

琴音は立ち止まると、宙に、指で、葉と書いた。

「葉？」

静助が読み上げる。

「そうです、葉。お葉さん」

「だれ？」

琴音が硬い顔をして黙っている。

「下女《げじょ》？」

「いいえ」

「婆《ばあ》や？」

「いいえ」

「店の者？」

「いいえ」

「ではだれだい」

琴音はこたえない。

「え。まさか」

「そのまさかです」

静助はたじろぐ。そして、また、言う。

「まさか」

「ほんとうです。とてもお美しい方だそうです」

琴音がつん、と顔をそむけて歩きだす。追いかけるように静助も歩きだした。

「だれが。え、その人が？　東京の、家にいるの？　可津倉の家に？　まさか。そんな、兄上にかぎって」

「知らないのですか。静助さん、ほんとうに、なにも知らないのですか」

琴音は歩きながら静助を一瞥《いちべつ》し、深い溜息をついた。

「知らない」

「そうですか」

琴音は、唇を嚙《か》んだ。

「静助さんなら、そういうこともありうるのかもしれません」

「どういうこと」

「あなたの兄上様は、長く、その葉という方とお暮らしになっているのだそうです。

私が嫁ぐ前から。もうずっと前から。だからああもいそいそと東京へ行かれるのだそうです。誰から聞いたとは申せませんが、確かなことです」

強張《こわば》った冷たい口調に、静助は琴音の真剣さを感じ取った。とはいうものの、静助にはなんと応えてやったらよいのかわからない。ただ戸惑うばかりである。

ざっざっ、ざっざっと落ち葉を踏みしめ、琴音はまっすぐ前を見て、力強く歩いていく。

おそらくこの話をしたいがために、焔硝蔵へ行きたいなどと言いだしたのだろう。それで朝飯の後、ご不浄《ふじょう》の前まで静助の後をついてきて、そそくさと頼んだのだ。なるほど、うまい考えだ。家の中でこんな話をするわけにはいかないし、かといって、他にこれといって話せるような場所もない。その点、焔硝蔵なら人目につかない。道中、せり上がった腹をした琴音と静助が歩いていれば目立ちはするが、焔硝蔵までの道筋は、林がほとんどだから、滅多に人は通らない。実際、まだ誰ともすれ違ってはいなかった。

「なにかのまちがいではないのか」

と、静助は先を行く琴音に言った。「可津倉をやっかむ者がでたらめを言ったのかもしれん」

「でたらめではありません」

琴音は取り付く島もない。

静助は唸《うな》った。

「だが、どうにも信じられん。だれかがなにか、うっかり勘違いでもしたのだろう。ちと了吉に問い合わせてみよう」

「そんなことをしたって無駄です」

「どうして。無駄なものか。了吉なら向こうの事情にも詳しい。勘違いなら勘違いで正してくれる」

「勘違いではありません」

「それならそれで、仔細《しさい》を訊《たず》ねてみようではないか。了吉なら適任だ」

「きっと口止めをされています」

「されていても、了吉は儂《わし》らの味方だ。そうだろう？ きっと事情を教えてくれるよ」

「静助さん。静助さんは、東京で葉という人に会ったことはないのですか」

「ない」

「一度も？」

「一度もない」

なにしろ、東京へ行っても、欣市の家には、ここ何年、とんと泊まっていない。泊まるどころか近づいてさえいない。なにか用があれば店へ行く。それで事足りてしまうので深く考えなかったのだが、家にはその葉という女がいたのだろうか。それで、静助を遠ざけていたのだろうか。

琴音にそれを言うと、琴音は呆《あき》れた。

「家にろくに入れてもらえず、おかしいとは思わなかったのですか」

「思わなかった」

「まったく思わなかったのですか」

「まったく思わなかった」

静助は項垂《うなだ》れた。こうしてあらためて思い返してみれば、たしかにおかしいと気づく。けれども、そんなものだ、と思っている分には、それはそれで、大抵のことは、さらりと流れていくものなのである。欣市は幾度《いくたび》か下宿を替えているうちに一軒家を借りて住むようになった。静助も一度そこへ行ったことはあるのだが、はたして今もそこに住んでいるのか、それとも、またべつのところへ移ったのか、よくよく考えてみると、それすら定かではなかった。

「私はおかしいと思っておりました」

と琴音が言った。「なにゆえ、私は東京へ呼ばれないのか。なにゆえ、一度も東京へ連れて行ってはもらえないのか。おかしいではありませんか。お店の話はなさるのに、見せてやろうとは仰《おつしや》いません。私はこの家の嫁なのに、まだ一度たりともお店を見せてもらったことはないのです。そもそも、」

「でもそれは」

遮られた形になった琴音が立ち止まって静助をまっすぐ見る。静助もつられて立ち止まった。

「ここが大本《おおもと》だからだろう。可津倉の本家はここ、丹賀宇多だからだ」

琴音がふっと笑う。

「それならばなぜ、旦那様は丹賀宇多にほとんどおられないのですか」

口元にうっすら笑みを浮かべているが、琴音の瞳は冷たかった。

「それはだから、店のことだってあるし」

「それにしたって、こちらに戻ったと思ったら、腰を落ち着ける間もなく、あわて東京へ戻られます。いくらなんでも、あそこまで急ぐ必要があるでしょうか。旦那様は絶えずあちらにいたいのです。あちらで過ごしたいのです。ようするに、あちらの方が大事だからです。お葉さんとやらの方が、こちらより、ずっと大事だからです」

「いやいや、それはちがうよ」

「だってそうではありませんか」

「いや、まさかそんな」

力なく静助は頭《かぶり》を振る。

二人の女の間を器用に行き来するなど、あの真面目で堅物《かたぶつ》の兄、欣市の所業とは思われない。けれどもその一方で、遊郭《ゆうかく》なんぞへ出入りして、静助に女と遊ぶ手ほどきをした、堅物ではない欣市も知っていた。静助だって、あの時は一人前の男として扱われて悪い気はしなかったし、そんなところへ行っても堂々としている兄にすっかり感じ入り、まぶしく思ったものではあったが、まさか祝言《しゅうげん》もせず女人《にょにん》と暮らしているとまでは思わなかった。どうりで女の扱いにも慣れていたはずだ。

「おっ姑《か》さまもご存じなのですよ、静助さん」

「え」

「きっと、うちで働く者は皆知っています。知らなかったのは私と静助さんくらい」

静助はあんぐりと口を開ける。

「静助さんも知っているのかと思ったけれど、静助さんは知らなかった。なんだか可笑《おか》しい。ほんとに静助さんたら、昔からちっとも変わらない」

琴音が笑った。

「笑いごとではない。いったいそれはどういうことなんだ」

「ここに子があります」

琴音が突き出た腹に手を置いた。

「知ってる」

「いくらあちらにいるお葉さんとやらが誰より大事でも、この子のことは大事に思っておいでてでしょう」

「そりゃそうだ、もちろんだ。そんなの、わかりきってる」

「そうでしょうか」

「そうだよ、そうに決まっている」

「あちらにはお子がいないのだそうです」

「それなら尚更《なおさら》だ」

「静助さん、どうかこの子を守ってください」

琴音が手を合わせた。

「守るもなにも、そんなことはあらためて言うまでもなかろう。その子は可津倉の子だ。守らずにおられようか。何に替えてもその子は守る。守るに決まっているではないか」

「後生《ごしょう》ですからこの子を私から取り上げないでください」

「琴音はなにを言っているんだ。取り上げるわけがないだろう」

「たとえ離縁されても私はこの子と離れません。この子を可津倉の家には差し上げません」

「離縁なんて、そんなことになるものか」

「なるかもしれません。そうなっても、私はこの子を渡しません。この子を育てるのは私です」

「わかった、わかった」

「ほんとうですか」

「ほんとうだ」

静助が約束したからといって、実際どうなるものでもない。残念ながら、可津倉家の当主は欣市なのだ。約束すべきは欣市であって静助ではない。静助も琴音もそれはわかっている。わかっていながら、それでも静助は言わずにはいられなかった。

雑木林の木々がびゅうびゅう、音をたてている。

思ったよりも風は強く、冷たい。

振り仰げば、どんよりと重たい曇天《どんてん》の空だ。

「今日は冷えるな」

静助が言うと琴音が頷《うなず》いた。

「身重《みおも》には毒だ。先を急ごう」

促したが、琴音は従わない。

放心したように立ちつくしている。

「どうした、琴音。李さんのところへ行かないのか」

うんともすんとも琴音は言わない。

そうして、琴音は静かに泣いた。

えっ、と静助は驚く。

どこを見ているのかよくわからない目をして、琴音は、つうう、つうううとひっそり涙を流している。ぱちりと見開かれた瞳の向こうには、なんの感情も読みとれない。微動だにしない琴音は、座敷に飾ってある雛人形《ひなにんぎょう》のようでもあった。

びゅうびゅうと鳴る林の音が、琴音の泣き声なのかと思えてくる。冬枯れの林を駆け抜ける、乾いた冷たい風の音。なんという寂しい音だ。

琴音は泣かない子供だった。

幼い頃から萩の母代わりとして、いつでも大人のような顔つきで、泣きたい時もじっと堪《こら》えているような子供だった。琴音は何があっても泣かない。静助はどこかしら、そう信じていたのに、その琴音が泣いている。

どうしたんだ琴音、と言いかけて、静助は言葉を呑《の》み込んだ。

どうしたもこうしたもない。それだけ辛《つら》い立場に琴音はいるということではないか。可津倉へ嫁にきたばっかりに、これほど琴音は思い悩んでいる……。静助は申し訳ない気持ちでいっぱいになった。琴音だけではない。向陽《こうよう》先生にだって申し訳ない。

それにしても、いったいどうしてまた、こんなややこしいことになっているのだろうと、静助は少なからず混乱もしていた。

葉という者があるのなら、そもそも、どうして欣市は琴音を嫁にもらったのか。縁談が来たって断れば済む話ではないか。

粂も事情を知っているという。

静助にはそれも解《げ》せない。

知っていながら、なぜ、許したのだろう。

なにか訳《わけ》があるのだろうか。

訳とはいったいなんだろう。

考えたところで静助にはなにもわからない。そうして考えれば考えるほど、己《おのれ》一人、何も知らされていなかった、という冷酷な事実に嫌でも突き当たる。ひとつ屋根の下で日々過ごしていながら、いったい自分はこれまで何をしていたのだろうか。毎日、何を見ていたのだろうか。次第に追いつめられていくような心地がして静助は焦った。

皆から頼りにされていると自惚《うぬぼ》れていたが、なんのことはない、静助一人、蚊帳《かや》の外だった。まったくこれほどおめでたい話が他にあろうか。

てっきり家の真ん中にいるとばかり思っていたが、勘違いも甚《はなは》だしかった。静助はとうに外へ弾《はじ》き出されていたのである。

弾き出されていたのは静助だけではない。琴音もだ。それから萩も。

奇《く》しくも子供の頃から知る三人が訳知り顔の大人たちから弾き出されている。

すっかり大人になったくせに、いや、すっかり大人になったからこそ、そんなおかしな考えが頭を擡《もた》げて仕方がなかった。

我ら三人、子供の頃からなにも変わらぬまま、ずっと、ここにこうしているかのようではないか。

見回してみれば、この林だってなにも変わっていない。団栗《どんぐり》を拾って独楽《こま》にして遊んだり、木の枝を刀に見立てて斬り合いをしたり、柘榴《ざくろ》や無花果《いちじく》の実を見つけると、木に登って、捥《も》いでみんなで食べた。ここはまるきりあの頃のままだ。椎《しい》の実をたくさん拾って向陽先生のところへ持っていったこともあった。薪《まき》拾いもした。栗も拾った。栗の毬《いが》をぶつけあって、了吉と転げ回ったこともあった。

しかしながら、今、目の前にいる琴音の腹はまるまると大きく膨らんでいる。

子供の頃と同じようで、同じではない。あの頃の琴音のままではない。

「琴音、すまぬ」

と静助は詫《わ》びた。「情けない話だが、儂にはどうすることも出来んのだ。琴音の言う通りだったとしても、兄上のなさることに、儂は口出し出来ぬ」

「わかっています」

小さな声で琴音が言った。

「堪えてくれるか、琴音」

涙を拭《ぬぐ》って琴音が頷いた。静助は万感《ばんかん》の思いを込めて頭を下げる。

琴音がもう一度頷く。

「ならば、そろそろ行こうか。今日は冷える。身体に障《さわ》る。腹の子になにかあってはいかん」

それから後はもう、黙って歩いた。琴音も黙ってついてくる。さくさくと踏みしめる落ち葉の音だけが規則正しく聞こえている。

杢さんのところへ着く頃には、琴音の涙も乾き、心なしか、顔つきも穏やかになっていた。

「近頃は、新しい花火の試し打ちを川でやっているのだ。丹賀宇多川で」

気を紛らせようと静助が言うと、琴音は、ようやく、少し笑顔を見せた。

「緑や青の、色のついた花火だ。琴音は知らんだろうが、隅田川では近頃そんな結構な花火が上がるようになっている。ならば儂らも上げてみようと思ってな。琴音も見てみたくはないか、色のついた花火を。そのうち、ここでもそういう花火を上げる。いずれ、きっと、うまくいく」

拳《こぶし》を握りしめた。

「静助さん、すっかり花火屋のようですね」

「ああ、そうだよ。ここの花火はな、可津倉流っていうんだ。杢さんと藤太《とうた》が、そう名付けた」

誇らしげに返した。

田舎で花火を拵えている者たちはそんなふうに流派を名乗っていると聞いて、近頃二人がそう名乗りだしたのである。そこには、可津倉家の先代、庄左衛門への深い謝意が込められていた。

ここへ足を踏み入れると、我が家へ戻ってきたように心安い、と静助は気づいた。ひたひたと次第に心が静かになっていく。

ここがあってよかった。

静助はしみじみそう思った。

己の無力さに打ちひしがれたとしても、なにもかもいやになってしまったとしても、ここさえあれば、どうにかして、気持ちを立て直せる。ぐずぐずと崩れていかずに済む。

静助はそれを確かめるように、ゆっくりと息を吸い、吐いた。

琴音の苦しさ、琴音の辛さ。

悲しさ、寂しさ。

それから苛立《いらだ》ち、腹立ち。

怒り。嘆き。

そういうものがわかったからといって、なにひとつ、肩代わりしてやれない、己の情けなさ、不甲斐《ふがい》なさ。

静助は、それらが入り混じった、なんともいえない苦い虚しさを抱えつつ、琴音の横顔を見つめていた。

琴音に何もしてやれない。

何もしてやれないが、しかし、何もしてやれないからこそ、せめて美しい花火を琴音に見せてやれたら、と静助は思う。

ああそうだ。なにもしてやれないからこそ、代わりに、あの美しい花火を空に上げてやりたい。

大きな花火を、空に。

この世の虚しさを美しさに変えて、花火は空に消えていく。

だから花火が好きなのだ。

静助はあらためて、そう思うのだった。

萩を東京の女学校へ入れてやったらどうだろう、と言いだしたのは了吉だった。琴音はそれを望んでいるのだし、萩もそのために日々精励している。事情通の了吉は、東京で暮らしているくせに、丹賀宇多の浄心寺の住職の息子から、その辺りの経緯をすでに聞き及んでいた。

十一

静助は、またしても、してやられたような気持ちになって、了吉を見る。

葉のことを了吉に訊ねるために東京の可津倉洋物店を訪ねたら、ちょうど欣市は出払っていて、それなのに、こんなところでは話せないからと無理矢理外へ追い立てられ、そのまま歩いて隅田川沿いの鰻屋《うなぎや》へと連れて来られた。

うまい匂いをさせながら出てきた蒲焼きを前に、了吉はとくに躊躇う様子もなく問われるままに話しだした。そうして、箸《はし》をつけた後も、鰻が口から飛び出てきそうな勢いで、つらつら喋《しゃべ》りつづけたのだった。

ああ、お葉さんか。お葉さんな。お葉さんって人は、ほれ、この裏の、川向こうの置屋の生まれ育ちで、といっても実子ではなく貰い子なのだそうだが、欣市さんより、一つ二つ年上の、しんなりとした奇麗《きれい》な人だよ。うんと若い時分にずいぶんと年上のお偉いさんに請われて妾《めかけ》になったはいいが、あっさり死に別れて仕方なく生家へ戻ってきたらしい。あいにく身体を毀《こわ》してたものだから、表には出ず、寝たり起きたり、静かに養生していたはずが、どこでどう知り合ったものやら、いつ頃からか、欣市さんと出来ちまって、もうずっと夫婦同然で暮らしてる。せいちゃんには、教えといてやりたかったが、なにしろ口止めされてたろう。言うに言えなかったのさ。男と女のことをがさがさ言うのも無粋《ぶすい》だし。だって、まさか、欣市さんのところへ琴音が嫁にくるなんて思わないじゃないか。ほんとに、そうと知って驚いたのなんの。だけどせいちゃん、儂が聞いたのは祝言間近でね。もっと早くに知っていたら違ったかもしれないが、あそこまで話が決まった後では、どうしようもなかった。そんな間際になって、琴音やせいちゃんにお葉さんのことを教えたって良いことは何もないだろう。要らぬことを言って話が潰《つぶ》れでもしたらどうする。揚げ句、儂のせいにでもされてごらんよ。この店、叩《たた》き出されちまう。そんなわけで、琴音にはすまないと思ったが、こうなったらずっと黙っていようと心に決めたというわけさ。なに、琴音が知らなけりゃ、それでいだけの話だよ。たかが妾、知らなきゃ知らないで過ぎていく。知らぬが仏さ。なんといったって、可津倉家に嫁にきたら琴音はこの先うんと楽が出来る。なによりそれが一等大事なことだ。向陽先生も死んじまって、他に頼るところのない琴音にしてみたらずいぶんな玉の輿《こし》だよ。だけども、まあ、そうそう、うまくはいかなかったってことか。せいちゃんがここへ訊《き》きにきたってことは、もうみんな知ってんだろ。琴音もきっと知ってんだろ。欣市さんも、配慮が足りなかったね。そりゃそうだよ、これだけこっちに居つづけてたら、誰だって気づくよ。儂はだから、丹賀宇多に戻んなくていいんですかい、って、欣市さんの顔見りゃ言ってたんだ。こっちのことは、まかせておいてくれたらいいですから、って。だけど、あの人、すぐにこっちに戻ってきちまうんだもんなあ。ありゃ、どうしようもない。

了吉が湯呑みを摑《つか》んで、ごくりと茶を飲む。

まあねえ、そうは言っても、欣市さんの気持ち、わからなくもないんだ。だってせいちゃん、やっぱり、なんたって、こっちは面白いんだよ。丹賀宇多で燻《くすぶ》ってるより、こっちで面白可笑しく暮らしたいと欣市さんが思うのは当たり前だ。こざっぱりした家はあるし、銭が湧く店はあるし、懐はあったかい。おまけに、あんな別《べっ》嬪のお葉さんもいる。丹賀宇多になんざ、居たくはなかろうよ。

「しかし、琴音が」

と静助は口を出した。「辛そうなんだ」

うん、と了吉は頷く。

「だが、仕方ないじゃないか。まあ、だから、琴音には気に病むなと言ってやれ」

「え」

「そういう面倒なことは、とっとと忘れたらいいよ。琴音は琴音、お葉さんはお葉さん。それでいいじゃないか」

静助は、その言い様《よう》に向腹《むかつぱら》を立て、無言で鰻を搔《か》き込んだ。

その間にも了吉は語りつづける。曰《いわ》く、いかにお葉さんがいい女か。曰く、いかに欣市と仲睦《なかむつ》まじいか。欣市はああいうなよなよした女が好きなのだ、とまで言う。そのうえ、琴音は田舎臭いし、武張《ぶば》ったところがあるし、粋なお葉さんとでは比べものにならない、と余計な解釈を付け加えた。

静助は、むかむかと鰻が胸につかえそうになってきて、

「もうやめい」

と、了吉を制した。「そんなことを言ったら琴音が可哀想だろう」

「どうして」

了吉はけろりとしたものだ。「なにをそう、琴音は微怯《びく》ついておるのだ。琴音は正真正銘可津倉家の嫁なんだから、そこまで縮こまることはないじゃないか。子だってじき生まれるんだろう？　大きな顔をしていたらいいんだよ。だいたい、妾の一人や二人、ここらじゃ、珍しくもなんともない。そこらじゅうにごろごろいるよ。琴音もそんなに腹が立つんなら、欣市さんにねだって、着物でも帯でも香水でも、好きなものをたんと買ってもらったらいいんだ。ここいらじゃ皆、そうしてる。おかげで可津倉洋物店は大繁盛さ。と、まあ、そんな具合にだね、妾のことなんて、それでよしとするものなんだよ。琴音がねだれば欣市さん、なんだって買ってくれるよ。欣市さんは、せいちゃんが思っている以上に金持ちなんだ」

「そういうことではないよ」

「そういうことだよ。そうやって琴音のためにたっぷり金を遣わせてやったら案外するりとうまくいくものさ。欣市さんって人はそういう人なんだから。しかし、そうは言ってもだね、琴音は着物や帯を欲しがる女ではないからね。そこが難しい。琴音が喜ぶものといったら、はて、なんだろう」

そこで了吉が思い出したのが萩のことだったのである。

萩を進学させるとなれば、あの琴音だって手放しで喜ぶだろう、と了吉は言う。琴音が喜べば欣市も喜ぶ。喜んでいる者同士は必ずやうまくいく。それが了吉の考えだった。

「そうだろうか」

「そうだよ。決まってるじゃないか。琴音が喜んでいたら、欣市さんも気をよくして、もう少し丹賀宇多にいようって気になるさ。それに琴音だってね、萩が近くにいなけりゃ欣市さんをいっそう頼りにする。それがいいんだよ。頼りにされれば嬉《うれ》しいからね。そのうえ萩のことを思いだすたび、欣市さんへの感謝の念が募る。募れば、知らず知らず尽くしたくなる。ほら、何から何までいいことずくめじゃないか。そうして無事子が生まれて御覧。琴音は勝ったも同然だ。かわいい我が子の顔を見りゃ、欣市さんだって、ますます丹賀宇多にいようって気になるはずだ。そうら、めでたし、めでたしだろう」

と、了吉は気楽に言った。

そういうものか、と半信半疑ながら静助は耳を傾ける。

萩は、可津倉家で琴音の手伝いをしながら、縫い物をしたり、畑の世話をしたり、ハツの後ろをうろちょろしては、すすんで米搗《こめつ》きや機織りなども引き受け、あれよあれよという間に皆になじみ、なかなか楽しげに暮らしている。時には向陽先生直伝《じきでん》の煎《せん》じ薬《ぐすり》や膏薬《こうやく》を拵えて医者の真似事をしてみたり、粂には肩や背中に艾《もぐさ》で灸《きゆう》を据えて、ありがたがられてもいる。背丈に比べて手足が細長く、ひょろりとした身体つきの萩はまだ子供らしさが多分に残っているから、皆の愛玩物《あいがんぶつ》のようでもあった。女学校へ行きたいのかどうかは知らないが、可津倉家の蔵書を次から次へと読んでいるらしいのは、なんとなく察しがついたから、行けるとなれば嬉々として行くにちがいない。

早速了吉は、欣市の意向を探ってみるという。

静助もさりげなく琴音の意向を確かめてみることにした。

鰻屋の勘定を済ませると、二人は並んで歩きだした。いつのまにやら了吉は一回り肉付きがよくなり、よく見れば、ずいぶんと仕立てのいい着物に身を包んでいる。静助が褒《ほ》めると、了吉は、照れ笑いを浮かべつつ、じつは儂、今、少しばかり自分商いをさせてもらっているんだ、と打ち明けた。それでちょいとばかり羽振りがよくなってね。

欣市には、可津倉家の誰にも言ってはならん、と釘《くぎ》をさされているそうだが、いい機会だからせいちゃんにだけは言っておく、とつるりと喋ってしまう了吉に屈託はない。

自分商いというのは、年季を積んだ番頭などが、主家の商いのかたわら、自らの裁量でする商いのことである。

といって、了吉のような若造に許される質のものではない。驚いた静助が訳を訊ねると、了吉は事情を話しだした。そろそろ独《ひと》り立ちしたいと、のれん分けを願い出たものの、欣市に渋い顔をされ（当たり前だ、と静助は思う）、粘り強く交渉しているうちに、自分商いを少しするくらいなら許してやろう、と欣市の方から提案してきたというのだった。了吉の交渉がうまかったのか、欣市が甘いのか、どちらなのかわからぬものの、そんなことを許していいのだろうかと静助は首を傾《かし》げざるをえない。いくらなんでも、早すぎやしないか。それとも、そういう時代になったということなのだろうか。にしても、欣市の考えがよくわからない。了吉にしてみたら、大きな元手のかかるのれん分けより、むしろ軒先を借りる形で商いをさせてもらえる方が、ありがたいではないか。そうして儲《もう》けをじっくり蓄え、準備万端整えたうえで独り立ちされたら、それこそ、困ったことにならないか。

怪訝《けげん》な顔をしている静助に了吉は、可津倉洋物店の仕事はこれまで通り、しっかり励むし、手抜きなどは決してしないから安心してくれ、と付け加えた。

ああ、と静助は頷く。

それはもちろんそう願うが、いつだったか粂が、商いにかけては学のある欣市より了吉の方が一枚も二枚も上手《うわて》、と評していたのを思い出し、こういうことを言っていたのか、とふいに合点がいった。まったく惣領の甚六《じんろく》とはよく言ったものだよ、ぼんやりしているうちに抜け目のない了吉にしてやられないといいが、とつねづね粂は欣市を案じていたのだが、確かに、才覚のある了吉が自分商いで儲けるとなると、油断ならない。やがて軒《のき》を貸して母屋を取られるという事態にでもならなければよいがと静助までもが心配になる。

とはいえ、欣市がそれを許したのなら、静助に為《な》す術《すべ》はないのだった。

「それでな、せいちゃん」

ぐふぐふと笑いをかみ殺したような声で了吉が言う。「儂な、可津倉洋物店の奥に住むのはやめたんだ。あそこは今、若いのに住まわせておる」

ぐふぐふ、といつまでも笑いの止まらない了吉に、じゃあ、どこに住んでいるのだ、と静助は訊く。

「じつはな、店の近くに家を借りたんだ。棟続きの長屋だが、まだ建ったばかりで、なんと二間もある」

「ほう、そりゃ、すごいじゃないか。ずいぶん思い切ったな」

「まあな。下宿でもよかったんだが、ちょうどいい家を見つけたものでな」

「一国一城の主《あるじ》というわけか」

「やだなあ、冷やかすない。しかし、せいちゃん、家というのはまことに気持ちのいいものだなあ。それも、儂だけの家ってのは、たまらんよ。こっちに出てきてからずっと間借りだったろう。なにかと不便でなあ。街道の荷受け小屋もひどかったが、丹賀宇多の家もせせこましかったし、儂はゆっくりと、手足をのばして寝起きしたことがなかったのよ。なんだか、毎日が夢のようでなあ。ありがたくって涙がでらぁ。稼ぐ張り合いもいっそう出来たというものだ。なあ、せいちゃん、今晩うちに泊まっていかないか」

どうしようと迷っていたら、了吉が、いや、是非そうすべきだよ、と言う。

このまま店に顔を出して欣市に会ってしまうと、二人で琴音や萩のことを相談したのがわかってしまう。それではうまくいくものもいかなくなる。了吉はそう力説した。こういうことは、慎重に進めなくてはならぬ。そうして、さも欣市が自ら考えだしたように持っていかねばうまくいくものもうまくいかなくなる、と了吉は言う。とはいえ、もうじき日が暮れるし、どこかに泊まらねばなるまい。いつもの宿に泊まれば欣市さんの耳に入るかもしれない。な、せいちゃん、今晩はうちに泊まるがいちばんだろう。

ならばそうしようか、と静助は、了吉のところに泊まることにした。

鰻で腹はくちくなっている。

いつもなら花火見物へと繰り出すところだが、残念ながら、川開きはまだずいぶんと先。

それでも未練たらしく、隅田川沿いをぶらぶらした後、店の仕事を終えた了吉と落ち合い、布団を一組借りにいった。

ついでに蕎麦屋《そばや》で蕎麦をかきこみ、長屋に案内されると早々に布団で丸くなる。

一国一城の主、というには、あまりにもちんまりした住まいだったが、それにしたってたいしたものだと静助は思う。了吉は自らの手でこの住まいを手に入れたのだ。

隣の寝床で了吉はたちまち鼾《いびき》をかいていた。疲れがたまっているのか、あっという間に眠りに落ちていく。

眠れぬ静助は寝返りを打ちながら、こいつ、あれよあれよという間にずいぶん偉くなったものよのう、と独《ひと》りごちる。

丹賀宇多村で小作人として働きつづけていたら、こんな家には決して住めなかったにちがいない。その証拠に丹賀宇多にいる了吉の兄たちは、皆、以前と似たような暮らしぶりだ。というか、それが、当たり前の在り方なのだ。

了吉が早くから、東京へ行きたい、己の才覚で生きていきたいと言っていたのは、つまりはこういうことだったのだ、と静助は漸《ようや》く得心《とくしん》する。端《はな》からこうなる自信が了吉にはあったのだろう。静助にはそんなものは微塵《みじん》もなかったから、あの頃は、なにを呆《ほう》けたことを言っておるのだ、と内心思ったものであったが、了吉にこうなる目算があったのならば、なかなかどうして、たいしたものではないか。

そう思うとなにやら鼾すら、堂々としているように聞こえてくる。

東京とは、こうして、力ある者が、上へ上へと昇っていける場所なのだろうか、と静助は暗闇《くらやみ》のなか、了吉の鼾を聞きつつ考えていた。了吉はしかし、いまだ満足していない。まだまだこれからだと意気込んでいる。この勢いもまた、静助には驚くばかりなのだった。望めばいくらでも上へ昇っていけるのが東京というところなのだそうだ。だからこそ底知れぬ闘志が湧くし、ここにいると誰もがそんなふうになるのだ、と了吉は言う。

静助も東京へ出てきたら、了吉のようになるのだろうか。

蕎麦屋で了吉は、右から左へ品物を動かすだけで銭が湧く仕組みを熱心に説明してくれた。

あるいは、目や耳や勘を働かせて、銭を儲ける先物買いや相場の面白さを教えてくれた。

ある程度の蓄えさえ出来れば、それを元手にまた金儲けが出来るという、金が金を生みだす不思議と、手にする額の大きさに了吉は昂奮《こうふん》していた。

儂ゃあ、知らなかったが、世の中はなあ、そういうふうに出来ていたんだ。

了吉は鼻息荒くそう言っていたが、本当にそうなのだろうか。

金が金を生むなど、どこか間違ってはいないだろうか。

間違っちゃいないよ、せいちゃん、と了吉は得意満面で静助を説く。

欣市さんが言っていたが、それが新しい世の中の仕組みなんだ。金は寝かせておいたら駄目なんだ。動かして、遣って、より大きな金にしていかなくちゃ。それが巡り巡って皆のためになるんだよ。たとえば儂らが公債や国債を買うだろう、その金で鉄道が出来たり、造船所が出来たり、電燈《でんとう》がついたりする。すると皆の暮らしも良くなっていく。便利になっていく。そのついでに儂らの懐も温かくなる。万々歳さ。これが私益公益っていうやつでね、うまく出来ているじゃないか。こうやって皆で一丸となって西欧に追いついていくんだよ。追いつき追い越せ。まずは追いつき、追いついたら一気呵成《いっきかせい》に追い越していく。急がなくちゃならんのだ。今の世の中、ようするに分捕《ぶんど》り合戦みたいなものなんでね、もたもたしてたら、異国のやつらにみんな分捕られちまう。分捕られるより先に儂らが分捕らねばならんのだ。だからこの国は開国したんだよ、せいちゃん。黙ってやつらに分捕られるわけにはいかないからね。そのために儂らは力をつけるんだよ。儲けるんだよ。そうでないと、碧《あお》い目の衆とはまともに闘えない。つまり、あれもこれも同じ筋道なんだ。いいかい、せいちゃん。これは、たんなる欲ばかりの話じゃ、ないんだよ。儂らが金を儲けることは巡り巡って、国を富ますことなんだ。どんどん国を富まさなくちゃいけない。迷ってたらいけない。目の前にあるものをみんな分捕るくらいの勢いでいかないと彼奴《あやつ》らにしてやられる。

静助にはもうひとつわけがわからない、というか納得できない話ではあったが、了吉にはその考えがとてもよく腑《ふ》に落ちるのだという。欣市にそう教えられてからというもの、金儲けがいっそう楽しくなったらしい。

せいちゃんもしっかりせねばいかん、丹賀宇多を東京のようにうんと発展させてやらねばな、と叱咤《しった》するように言われ、そうだなあ、と頷きはしたものの、静助は了吉のように昂奮してはいなかった。むしろ、ひんやりとした思いが身の裡《うち》を駆け巡っている。

きっと了吉は、これから先も、ずっとこうして進んでいくのだろう。立ち止まったり、後戻ったりはしないのだろう。いずれ、一本立ちして店を構え、一軒家にでも移り住む気なのだろう。そうして嫁を貰い、子を生《な》し、一家の長《ちょう》として、立派にやっていくのだ。

了吉に迷いはない。

それが了吉にとって当たり前の道筋だからだ。

まっすぐ前を向いて脇目もふらず懸命に走っていく。

新しい世の中には勢いがある。勢いのある世の中は勢いのある者を好む。つまり了吉のような者が好まれるのである。

了吉は時代という追い風に背中を押されて走っているようなものだ。

これほどの勢いなら、遠からず、可津倉の家を追い抜いていく日が来るかもしれない。

丹賀宇多一の財力を持つ可津倉家が、同じ村の一介の百姓の四男坊に追い抜かれるなど、一昔前なら考えられない、夢のごとき話だが、今の世の中なら、いくらでもそれは有り得る気がした。

そんなことにでもなったら、欣市はどうするのだろう。

粂はどうするのだろう。

負けじと走りだすのだろうか。走らねばならんのだろうか。お前も走れと尻を叩かれるのだろうか。

それにしても、富とはなんだろう、と静助はあらためて思う。

誰もが夢中になる富とは。

了吉をこれほどまでに夢中にさせる富とは。

その正体とはいったいなんなんだろう。

貧しさを忌《い》むことと、富を求めることは同じなのだろうか。違うのだろうか。似ているような気もするし、どこか明らかに異なっているような気もする。

所有するものを殖《ふ》やす、もしくは所有しているものを守る。粂はそれが大事だと、近頃たびたび静助に説いて聞かせるようになったのだが、静助には、それが、どれほど大事なことか、実のところ、よくわかってはいなかった。くどくど説かれてもあまり実感が持てなくて、いささか煙《けむ》たく思ってもいた。それこそが静助の生業《なりわい》ではあれど、熱意をもって仕事に精を出せないのは、根本のところが納得できないせいだった。本音をいえば、そんなことどうでもいいじゃないか、と思い、それが態度に出るものだから、生前、庄左衛門にもよくどやされた。お前は食うに困る経験をしていないから真剣味が足りないのだ、これだけの家に生まれ育ったことをありがたく思え、もっと精進しろ、気を抜けば一切合切失う羽目になることだってあるのだぞ、等々、庄左衛門にうんざりするほどなじられたものであったが、それでも静助は堪《こた》えなかった。当時もそうだが、いくらか経験を積んだ今もそれは同じだった。恵まれた家に生まれ育ったからだと言われたらそれまでだけれど、静助には、富への執着がそもそも薄かったのである。

困窮すれば、静助だって変わるのだろうか。

静助は了吉の隣で闇に目を凝《こ》らし、よく考えてみる。

食うに困れば変わるのかもしれないし、案外そうではないのかもしれない。どちらも有り得るし、考えているうちに、だんだん、どちらでもいいような気になってきた。

なにより、変わるのを恐れるがゆえ、困窮を恐れるのが、もっとも情けないのではないか、と静助は結論づけた。

そういうふうにだけはなりたくない。

困窮を恐れず、いつでも泰然としていたい。いざ困窮しても泰然としていられるのは、まずはそれを恐れない者なのではないか。

静助の頭に懐かしい向陽先生の顔が思い浮かんだ。

向陽先生の乾いた白髪、伸びた髭《ひげ》。

涼しい目元。

真一文字に結ばれているのに、どこかしら笑みを湛《たた》えたような、おかしみのある口元。

芯《しん》に重みのある声。

向陽先生は貧乏だったが、いつも泰然としておられた。そうして常にやさしかった。

いつでもああいうふうにしていられたら、と甘やかな憧れを持って静助は向陽先生を思いだす。

もしかしたら、その分、琴音や萩が苦労させられたのかもしれないが、その有り様《よう》がまちがっていたとは静助にはどうしても思えなかった。だからこそ、琴音も萩も、向陽先生を慕っていたのだし、大切にしていたのだし、なにより二人ともまっすぐ育ったではないか。

分捕り合戦の世の中なぞ、うんざりだ、と静助は寝床で輾転《てんてん》としながら溜息をつく。

戦国時代でもあるまいし、今更何故闘わねばならんのだろう。

これまで通り、貧しいなりに生きていったらいいではないか。

それこそ、恵まれた家に育った者の戯れ言《ざごと》なのだろうか。

丹賀宇多村は、元来、豊かとまではいえないものの、飢えて死人《しびと》が出るほどの貧しさではない。気候のよい、肥えた土地だから、収穫に多少浮き沈みがあったとしても土さえ耕していればどうにかなる。多くを求めなければこの先も、そこそこうまくやっていけるのではないかと思えてならない。

それとももう、そんな悠長にはしていられない時代なのだろうか。

分捕らないと分捕られてしまう世の中なのか。

あるいは、多くを求めずやり過ごすという、貧しさに甘んずることがすでに難しくなってきているのだろうか。

蚕《かいこ》で一旗揚げた近隣の村に倣《なら》い、桑畑が少しずつ、丹賀宇多村にも拡《ひろ》がりだしていた。

小規模ながら、繭《まゆ》を煮て、座繰《ざぐ》り機《き》で糸を紡いで売るところまでやりだした者たちもいた。当然ながらその方が儲けは大きい。糸はどれだけ作っても飛ぶように売れたし、値もよかった。買い手も次々現れるので、買い叩かれる心配もなかった。懐が潤った者たちをあてこんで街道沿いの可津倉洋物店のあたりにも小間物屋や呉服屋などが続々と店開きし、遊興の場も増えていた。人の行き来も多くなった。丹賀宇多村も少しずつ東京のようになりつつある。

おかしなものだ。

誰かが指図しているわけでもないのに、知らず知らず、同じように変わっていく。ころころと転がる毬《まり》のように、その動きは止まらない。むしろ加速している。異国に分捕られないために国を開いたというのなら、この争いはまだまだつづくのだろう。

分捕り合戦にきりはない。

ころころと転がる毬はどこまで転がりつづけるのだろうか。

どこまでも転がりつづけた果てに何が待ち受けているのだろうと考えると静助は身震いがした。

ご一新《いっしん》で新しく生まれたこの煌《きら》びやかな東京という町も一皮めくれば、そこには血で血を洗う争いが繰り広げられているということか。見えない血がすでにたくさん流れているということなのか。刀や鎗《やり》を遣った白兵戦《はくへいせん》ではないから、金や富を巡る闘いは目に見えない。

分捕らないと、分捕られるという世の中が静助にはつくづく気味悪かった。

そういう仕組みは好かん。

けれども、そう思ったからといって、可津倉家の財産を守り、あわよくば殖《ふ》やすという静助の仕事も、そういう仕組みと無縁ではいられないのだろう。

可津倉家に生まれた以上、逃れられぬ。

やらねばならぬ。

やりつづけねばならぬ。

手伝えといわれたからただ手伝っているうちに、ずいぶん重い荷を背負わされているではないか。

静助には、それを忌々しいと思う気持ちがどこかにあった。

しかしながら、抗《あらが》う手立てではなく、大きな川の流れに乗って、ただ流されている。

そういえば、子供の頃、了吉は川遊びが得意だった。ぱしゃりと川に飛び込むと片手抜きですいすい川向こうへ進んでいった。丹賀宇多川の弁天さんのお社《やしろ》のあたりは、わりあい底が深く、川幅もある。着物を脱ぎ捨て、褌《ふんどし》一丁になった了吉は引き締まった身体を得意気に動かし、岸から岸へ行ったり来たりしたものだった。

それにひきかえ、生っちろい身体つきの静助は、おそるおそる水に浸かると、流れの緩いところに仰向けに浮かんで、ただゆらゆらと、空を眺めるばかりだった。

今さらながら思う。あめんぼや水すましでさえ自らの力で水の上を進むのに、なぜ自分はそれをしなかったのだろう。

甲高《かんだか》い笑い声が聞こえる。

あれは誰の笑い声だったろう。

岸にいた琴音だろうか。萩だろうか。

青い空に浮かぶ白い雲にみとれ、冷たい水と温かい光を心地よく感じた。十年も昔のことなのに、まだあの光のまぶしさをよく憶《おぼ》えている。水しぶきと、くぐもったような音。水に浮かんだ、軽々とした身体。その頼りなさをよく憶えている。

沈んでもいいと力を抜けば抜くほど、身体はぽかりと浮き上がる。

あれあれ。

ここはどこだ。

もっと力を抜いて。

もっともっと力を抜いて。

空が近づく。

雲に近づく。

青い空は水のよう。

ふわりと川に浮かんだまま、静助は眠りの淵《ふち》に沈んでいく。

隣の寝床から了吉の鼾が、聞こえていた。

ひと月後、琴音は無事、子を産んだ。

取り上げ婆《ばば》が、疲れ切って途中でうたた寝するほどの難産だったが、色白で丸々と肥えた女の子は、欣市によって、たゑ、と名付けられた。のちに、たゑ子と名乗るようになる。

ほどなくして、萩が上京する。

高等女学校へ通う準備のためだった。

ちなみに、萩は上京を機に、通名を萩江とした。

了吉が手筈《てはず》を整え、至れり尽くせりで迎えたそうだ。

十二

丹賀宇多神社の秋祭りに赤い花火が上がった。

ただの赤ではない。ようやく辿《たど》りついた新しい赤だ。

塩素酸カリウムに鶏冠石《けいかんせき》をまぜて作り出した、はっきりとした明るい赤色である。従来の黄色味を帯びた暗い赤とはまったくちがう、はっとする鮮やかな赤がさっと空に散る。

その後、しばらくして炭酸ストロンチウムが手に入るようになると、明るさはいっそう際立つようになった。

東京ではとうに鍵屋《かぎや》がこのくらいの花火を上げていたとはいえ、地方ではまだ、江戸時代からつづく暗い和火《わび》が主流の時代。そんななか、丹賀宇多の赤い花火は人々の心に大いに残ったのだろう、近隣からも丹賀宇多村へ奉納花火をわざわざ見に来る者が現れだした。

引きの長い柳、華やかに広がる冠菊《かむろぎく》。形や大きさの種類も少しずつ増えていく。

その頃人気だった、昼花火と呼ばれる、袋物（花火の玉から傘や人形が飛び出てくる仕掛花火）に挑戦したりもして打ち上げる数が俄然《がぜん》増え、ついには二日に分けるほどにまでなった（とはいうものの、この頃は、一つ打ち上げては口上、また一つ打ち上げては口上と、じつにのんびりしたものなので、現代と比べれば至ってささやかな規模である）。

奉納花火は、表向き、村人の寄進で上げていることになってはいたが、実際はほとんど静助、つまり可津倉家の資金援助で成り立っていると、皆うすうす知っている。そうでなければこれほどの数の花火が上がるはずもないし、勝手にどんどん大がかりになっているのは誰の目にも明らかだった。

自然、可津倉流の名は近在に知れ渡る。

それに伴い静助の花火道楽の噂も、じわりじわり浸透していった。

「可津倉さんとこの静助さん、蓄えを削って花火に遣っているらしい」

「あの人はほんに花火に熱心じゃからな」

「可津倉流なんて名前にまでするんだから、そら、よっぽど好きなんじゃろう」

「花火のためにわざわざ横浜まで薬を買いに行きよるらしい」

「高いらしいぞえ」

「ええんじゃろか」

「あすこは金持ちじゃから、ええんじゃろう」

博打《ばくち》や女で身を持ち崩すという話は昔からよく聞くが、花火で身を持ち崩す者の話など聞いたことはないし、村人にしてみたら、迷惑どころかありがたい道楽なのだから、あの人はちいと変わった人だがあれはあれでいい、ということになる。彼らが思っている以上に静助が花火に資金をつぎ込んでいるとは知る由《よし》もない。

もちろん粂は気づいていて、渋い顔をしてはいるものの、粂自身、昔、洋物店の商いに血道《ちみち》を上げて、己の道楽を貫いた経験があるから、そう大きな口は叩けない。それでも、欣市の手前、黙って見過ごせないものだから、洋物店は利益を上げたが、可津倉流の花火は持ち出しばかりだと、小言を言う。静助は馬耳東風と聞き流す。そんなやり取りがたびたび繰り返された。もしかしたらきちんと聞いたら最後、面倒なことになりかねないと静助はあえて聞こえぬふりをしていたのかもしれない。なんだか妙なところが似てしまったものだと粂は遣る瀬《やせ》なく、しかしながら、こうなったからには気のすむまでやらせるしかないのではないかと、半ば諦《あきら》めの気持ちにもなってくる。憑《つ》きものが落ちないと、ああいう道楽に終わりはないと粂はよく知っているのだ。

まあ、それでもやるべき仕事はきちんとこなしているし、この子がいなくては可津倉家のお先は真っ暗なのだから、多少の道楽は致し方あるまい、と粂は静助を庇《かば》い、大目に見るわけなのだった。

緑色の花火が上がるまでに、それから尚《なお》、四年掛かった。

四年。

それを長いと見るか、短いと見るか。

鍵屋からは相変わらず一切、情報は洩れてこなかったが、この頃になると、輸入ものの薬品を扱う横浜の問屋から、使用法が伝わるようになっていた。使い方も込みで商品を売るという商法が当たり前になりつつあったのである。外国から入る新しい品物、まだ誰も使ったことがない物を売り込むためには当然そうするしかなかったのだろう。

静助たちにしてみたら、渡りに船。独自の力で工夫を重ねてきた鍵屋のようなところは面白くなかろうが、資金さえあれば、鍵屋との差がみるみる縮まっていくのだから静助たちには、面白くなかろうはずがない。おまけに花火はほんのちょっとしたこと、たとえば炭の種類や配分、割薬《わりやく》の量、火薬の大きさ、配置、玉皮《たまがわ》の厚さや強さなどの違いでいくらでも独自のものが作れる。やり方次第では、ひょっとしたら、鍵屋以上の花火を上げられる可能性だってじゅうぶんあった。そのうえ、目新しい薬品が横浜の港に次から次へと入ってくるのだからたまらない。静助が、じりじりと金に糸目を付けなくなっていったのもわかろうというものだ。丹賀宇多川での試し打ちが静助には楽しみで仕方がなかった。試し打ちが決まると、仕事をやりくりして（時には抛《ほう》りだして）、こっそり眺めに行く。

試し打ちはいつもほんの数発、失敗することも多々。

それでも静助はかまわなかった。

ぽんと音がすると（それが始まりの合図の音だ）、静助は丹賀宇多川へ走っていく。

そうして、しばし浮き世を忘れて空を眺める。

可津倉流の要《かなめ》だった杢さんはこの四年のうちに、亡くなっていた。

なので、残念ながら緑色の花火は見られずじまいだったが、晩年の杢さんもまた、新しい花火に心を摑まれた一人だった。外国から入ってくる薬にも抵抗はなく、新しいものが手に入ると、それを使った火薬玉をあれこれ拵えては、木槌《きづち》で叩いて爆発具合や特徴を調べたり、まぜあわせて色味を確かめたり、少しでも美しい花火を上げようと躍起になった。根っからの職人であり、花火師だったから、何か面白いことが出来そうだとなると、手を出さずにはいられなかったのだろう。ろくに道具もない頃から、丹賀宇多村でひとつひとつ、手探りで花火を拵えつづけた杢さんは、ついに明るい色の赤い花火が上がった時、腹の底から笑ったそうだ。

江戸でなくとも、東京でなくとも、花火は上がる。

見よ、あんな色、儂は、江戸でも見たことが、なかったわ。

なんとまあ、奇麗な赤い色が咲いたことか。

杢さんは、亡くなる前日まで職人らしく花火を拵え、夜、珍しくしこたま酒を飲み、上機嫌で寝込んだ翌日に事切《こと き》れたそうだ。

藤太は、毎年花火を売りに行っていた山村の造り酒屋（杢さんが亡くなる前日に飲んだ酒も、ここの酒である）の娘、にしを嫁に貰っていたが、杢さんが亡くなったのを機に、可津倉流の頭領《とうりょう》となった。

静助に異存はない。

藤太の親戚筋にあたる染造《そめぞう》という小僧もその少し前から藤太の下で働きだしていたし、その後、千次《せんじ》という流れ者も加わり、可津倉流はすっかり賑《にぎ》やかになっていた。こうなると頭《かしら》を決めなければ、回っていかない。千次は、父親が杢さんの古い知り合いだったという縁でやって来た元大工で、木《き》を伐りだして打ち上げ筒を作ったり、玉皮の型を拵えたりするのを得意とした。

藤太とにしに子が生まれる頃には、可津倉流と書かれた大看板が千次の手によって作られ、表に堂々と掲げられたらしい（だいぶ時代が下った頃に撮られた、この看板の写っている写真を大叔父は見たことがあるそうだ）。

にしは琴音より五つばかり年上で、藤太が惚《ほ》れ込み、何年も前から嫁にほしいと、渋るにしの父親を拝み倒して、柴《しば》栖木《のき》村からようよう連れてきた女だった。器量よしで、造り酒屋の娘だけに酒に滅法強い。嫁入りの際、すすめられるまま樽酒《たるざけ》を飲んだ藤太が酔いつぶれ、同じだけ飲んだはずのにしがけろりとした顔で夫を介抱したという逸話が残っている。豪快なところがあるから、可津倉流の男たちをうまくさばいて、しっかり働かせ、それをじょうずに陰から支えたのだろう。

そんなにしを、琴音は姉のように慕った。にしもまた、琴音を妹のように思い、みるみるうちに二人は姉妹のように親しくなっていく。

にしにも妹が三人いて、実の姉妹といきなり離れてしまった寂しさがあったから、萩と離れた琴音の寂しい気持ちに寄り添えたし、にしに子がうまれてからは、新米の母としての親近感も互いにあった。

ならばいっそ、にしの末の妹を静助の嫁にどうかという話が二人の間で交わされるようになる。

にしの末の妹、きわは琴音や静助よりも八つ下。まだ十代だが、嫁ぐにはもうじゅうぶんな年齢である。

じつのところ、静助には、隣村で小町と謳《うた》われた大地主の娘との縁談があったのだが、いよいよ大詰めという段になって、その娘が寺男と駆け落ちしたため破談になるという、いくらか笑い話ともいえる不幸に先年、見舞われていた。

よくある話といえばそれまでだが、当の静助がそう痛手を負ったようでもなさそうなのに、この時は粂がいけなかった。当初、怒りにまかせて、相手方とずいぶん激しくやり合ったらしい。そんなことをしたところで駆け落ちした娘が帰ってくるでなし、たとえ帰ってきたところで今更縁談が元通りになるでなし、やめときなさいと誰が言っても粂は聞かなかった。静助が不憫《ふびん》でならないと泣くものだから、哀れに思って、好きにさせてしまう。まあ確かにこうなったのは向こうの落ち度に違いはなく、故《ゆえ》に粂の怒りは尤《もっと》もで、それくらい相手の娘を気に入っていたということなのだから、むしろ同情されてもいいはずなのに、いい年をした婆さんの粂がしゃしゃり出て殊更《ことさら》騒ぎ立てたのが滑稽《こっけい》だったのか、面白可笑しく人々に伝わっていってしまう。善人のようにも見えるが、そのじつ変人のようでもある、茫洋《ぼうよう》とした静助の人となりが、話を膨らませてしまったところもあったようだ。真偽は不明ながら、静助が、逃げた娘に好きな男との駆け落ちをすすめたという噂《うわさ》もあったというから驚く。逃げた娘が悪いのか、逃げられた静助が悪いのか、だんだんわからなくなってきて、あちらこちらがいっそう姦《かしま》しくなる。

すると、今度は、ではこの先、静助のところへどんな娘が嫁に来るのだろう、といらぬ関心を集めてしまう。

気配を察した粂が、ならばうんと良い嫁を、と気張《きば》ったのも裏目に出た。下手な娘じゃ、粂さんに追い払われる、笑い者にされると、皆怖《おけ》じ気づいてしまう。可津倉家は、それなりの名家といえなくもないから、嫁に来たい者はいくらでもあったはずなのに、とんと話が来なくなってしまった。粂は焦るが静助は焦らない。新しい薬で花火に熱中しているから、忙しくてそれどころではない。

そこで、きわだ。

きわを嫁に。

そんな話がひょいと持ち上がり、じりじりと真実味を帯びてきたのは、にしが二人めの子を妊娠し、可津倉流に緑色の花火に必要な硝酸バリウムが手に入ったばかりの頃だった。

失態を繰り返すわけにはいかないから慎重に話を進めなくてはならない。にしの妹なら、よい娘だろうと琴音は思う。これから先、義妹となり、長く共に暮らす娘なのだから、気が合う娘であってほしい。

まず欣市に訊いてみる。

欣市は、相変わらず、ほとんど東京で暮らしていて、葉とも切れてはいないが、琴音はもうあまり気にしてない。少なくとも、そういう態度で接している。萩を女学校へ入れてもらった恩もあったし、葉のことはもうどうにもならないのだろうと大方諦める気持ちになっていた。たゑが生まれたからには、いつまでもめそめそしてはいられない。

欣市もたゑのことはよく可愛がった。東京から帰る折りには、玩具《おもちゃ》を一つか二つ、必ず土産《みやげ》に持参してたゑを喜ばせたし、丹賀宇多にいる間はたゑのことをよく話題にした。琴音はそうやって欣市がいつもたゑを気に掛けてくれるのをありがたいと思ったし、それだけでずいぶん安堵することができた。なにはともあれ、たゑを大事にし、琴音をたゑの母として尊重してくれたら琴音はそれでじゅうぶんだったのである。

子は鎹《かすがい》というけれど、鎹から始まる関係というのもあるのかもしれない。たゑを挟んで、琴音と欣市は次第に夫婦らしくなっていった。

きわのことを琴音はまず欣市に相談した。この件ばかりは先に粂に相談すると、まとまるものもまとまらなくなってしまうと危惧《きぐ》したからだった。

「よいではないか」

と欣市は言った。

欣市も欣市なりに、静助が独り身なのを気にしていて、可津倉洋物店の周囲によい娘はいないかとひそかに探していたらしい。

「だがなあ、静助には東京の娘はちと合わないような気がしてきてなあ」

それはそうだ、と琴音も思う。というか、琴音は東京の娘と聞くだけでいい気持ちがしない。

「かといって、丹賀宇多の百姓の娘ではなんの得にもならん」

「そうでしょうか」

「そりゃそうだ。小作人のいる地主の娘ならともかく。といって、地主の娘に、また逃げられでもしたら、目も当てられん」

「あれは静助さんのせいではありませんよ」

「わからんよ。まあ、なにしろ地主の娘というのは験《げん》が悪い。それを思えば造り酒屋の娘というのはいいじゃないか。造り酒屋といったって柴硒木村ならたいした酒屋でもあるまいが」

「そんなことはありませんよ」

「そうかい？　それなら、その娘を貰うがいいさ。ああ、そうしなさい」

本来ならば、ここで話が一気に進むはずだった。

ところが、ここから先、話はへんなふうに捻《ねじ》れてしまう。

「そういえば、縁談で思い出したよ。了吉が萩を嫁に欲しいと言ってきてね。いや、どうやら、二人の間では、もうとうに、そういうことに決めたらしいのだ」

え、と言ったまま、琴音は気を失いそうになる。

「許すも許さないもないから、好きにしたらいいと言っておいた。今はそういう時代だからね。そのうち、二人してここへ報《しら》せに来るだろう。さて、婚礼はどうしたものかなあ。お前、相談に乗ってやるといい。どうした？　なぜそんな顔をする？了吉なら、お前だってよく知っているし、しっかり者だから、萩の婿《むこ》として不足はなかろう」

「そんな」

「なんだ、いけないかい」

「いけないもなにも、どうしてそんなことに」

欣市は笑った。

「どうしたもこうしたもあるものか。ようするにそういうことになっちまったということじゃないか。了吉は萩が上京してからというもの、萩のために、年から年中、心を砕いておったからね。萩も慣れない東京で、端《はな》から了吉に頼り切りだった。間近で見ていたからよくわかる。そうこうするうちに次第に心が通い合っていったのだろう」

「頼るといっても、それは兄のようにです」

「ああ、そうだ。いつも兄のように了吉を慕っておった。あの二人は端《はた》で見ていても血の繋《つな》がった兄妹のように仲が良かった。惚《ほ》れた腫《は》れたには見えなかったが、いつしかそうなっておったのだな。いや、驚いた」

ぐりぐりと手で顎《あご》をさすりながら欣市がのんびり言う。

「そんなばかな」

琴音は気色《けしき》ばんだ。

欣市はにやにやしている。

「いいじゃないか。二人とももういい年だ」

「年のことなど関係ありません」

「いやいや、なにを言っている。お前、それは大事なことだよ。お前だって、いつまでも萩を独り身にしておくわけにもいくまい。女だてらに働いて身を立てたところで、所詮《しょせん》長続きしやしないよ。かといって、愁《なま》じ女学校まで出してしまったし、特段器量良しというわけでもないし、それに、あの娘は些か生意気なところがあるからね。ああいうのは、とっとと嫁がせてしまうにかぎる。時機を失すると貰い手がなくなるんだ。その点、了吉ならお前も安心だろう。見ず知らずの男ではないし、それにあれはよく出来た男だよ」

琴音の脱力は如何許《いかばか》りであったろう。

欣市に悪気がないのはわかっている。わかっているが、それでもむしゃくしゃしてならない。琴音や萩をどこかしら軽んじている欣市の本心がうっすら透けて見えるようでもあった。

それにつけても、まったく、なんだってまた、こんな卦体《けたい》なことに。

兎《と》にも角にも、いつの間に、そんなことになっていたのか、琴音にはさっぱりわけがわからない。少なくとも、琴音はそんな気配を察したことは一度たりともなかったし、誰からそのような噂を耳打ちされたこともなかった。今更ながら丹賀宇多と東京の距離を実感せざるをえない。

本当に、欣市はなにも気づかなかったのだろうか。もしそうなら、なんと愚鈍なことだろう。了吉と毎日顔を合わせていながら、見過ごしていたなど、琴音には考えられない。

しかもそれをあっさり許してしまうなんて、まったくなんとしたことだ。抜作《ぬけさく》の欣市も欣市だが、勝手に惚れた了吉も了吉だ。なにも赤子の頃から知っている萩に惚れなくともよいではないか。仮に惚れてしまったとして、そこで自制するのが筋ではないか。

それを言うなら萩も萩だ。惚れられたってはね返せばよい。そのくらいの芸当、出来ないでどうする。

萩は、女学校を出て、東京の下町の尋常小学校で教師見習いとして働きだしたばかりだった。萩江先生、萩江先生と慕われていると手紙に書かれていたのを読んで、琴音は心を弾ませたものだった。せっかく、新しい女として世の中に漕《こ》ぎだせたというのに、それを琴音は心から喜んでいたのに、なんだってまた、了吉と一緒になりたいなどと言いだしたものか。選《よ》りに選って了吉に嫁ごうなど琴音には考えられない。それが有り得ないと思っているからこそ、東京での萩の面倒を心安い了吉に委《ゆだ》ねたのだ。

琴音だってべつに了吉が嫌いなわけではない。

賑やかで楽しい了吉は、側《そば》にいる者の心を明るくする。機転もきくし、知恵者でもある。人柄に不満はない。

しかしながら、それとこれとは話が別。かわいい萩の嫁ぎ先が、なぜ、了吉でなければならないのか、琴音にはどうしても納得がいかなかった。

二人とも丹賀宇多村に居続けているのならいざ知らず、二人揃って広い東京に出ていきながら、なぜそんな狭苦しい選択をする必要があるだろう。

東京へ送り出す時、琴音は、このまま萩が丹賀宇多に戻らずともよいと思っていた。女学校まで出た女が丹賀宇多に戻ったところで、満足のいく暮らしは出来まい。ならば東京でずっと暮らすがよい。離れて暮らすのは寂しいが、それを補って余りある充足感が互いにあるはずだった。

萩は大きな世界で生きるのだ。

そうして琴音には出来なかったことをいろいろ経験し、琴音に、広い世の中のことを教えてくれるのだとばかり思っていた。それを心から楽しみにしていたのに。

誰かに嫁ぐにしてもまだうんと先だろうし、いずれ誰かに嫁ぐにしても、丹賀宇多の男ではない、と琴音は思い込んでいた。

学者でもいい、新聞記者でもいい、建築家でも鉄道員でもいい、なんでもいいが、東京におらねば出会えなかった人に嫁ぐとばかり思っていたのだ。つまらぬ男のところへ嫁ぐなど、決して無い。そう信じていたのに。

了吉をつまらぬ男と思っているわけではないのだけれども、よく知っているというだけで、そんな気持ちになってくる。

琴音は深い深い溜息をつく。

了吉を信用していたのに、とんだ裏切りではないか。

こんな縁談、喜べと言われても無理がある。

暗い顔でむっつりと押し黙った琴音に欣市は狼狽《うろた》えた。欣市はこういう場面が昔から苦手でならない。塞《ふさ》ぎ込んでいく琴音を前に、うんざりした気持ちになってくる。めでたい話だと思って話したのに、琴音の、この不機嫌さはどうだろう。やあ、どうした、なにか気に障ったか、と下手《したて》に出て機嫌を取る術が欣市にはない。どうしたら琴音の気持ちを和ませられるのか見当もつかない。といって、その胸の裡を訊ねてみようという心遣いもなかった。参った参った、失敗した、と欣市はそれ以上深く考えるまでもなく、あっさり撤退を決め込んだ。いやはや、まさかこんな重苦しい空気に包まれるとは思わなかった、なにやら面倒なことになりそうだ。勘弁してくれ、と危うく口から余計な言葉が飛び出しそうになるのを呑み込んで、話をうやむやにしてしまったのだった。

もともと欣市は、この縁談になんの興味もない。

欣市が進めた縁談でもない。

反対するまでもないと思ったから反対しなかったまでで、じつのところ、二人が一緒になろうがなるまいが、どうだっていいのである。琴音の身内のことなのだから、琴音の好きにしたらいい。琴音には早く男の子を産んでもらいたいという切実な願いもあったし、ここで機嫌を損ねるわけにはいかなかった。

そうして、この話共々、静助ときわの話もどこかへうっちゃられてしまう。

欣市はこちらの縁談にもさしたる興味はない。

静助もそろそろ身を固めるべきだと思ってはいるが、丹賀宇多のことは、丹賀宇多の者たちで好きにしたらいいとどこか投げやりに思ってもいる。

つまりすべては琴音のやる気次第だったのだが、萩と了吉の話にすっかり気持ちの萎《な》えた琴音は、きわと静助の縁談など、どうでもよくなってしまったのだった。

きわと萩は二つ違い。

きわの話を進めようとするとどうしても萩のことが頭にちらついてしまう。それを考えたくないから、にしのところへ行く足もいつしか遠退《とおの》いてしまった。緑色の花火が初めてうまくいったのはちょうどそんな頃だった。

昂奮する静助とは裏腹に、琴音はなんとなく白けた気持ちでそれを眺める。丹賀宇多川の川縁で、薄闇に上がった緑色の花火。

試しに上げてみただけの小さな花火が二つ三つ、空に開く。

たしかに珍しいものではあるけれども、それがなんだというのだろうと琴音は思う。奇麗だと感じ入ったところで、感じ入ったその時には早、消えてしまっているではないか。赤だろうと、緑だろうと、それがどれほどのちがいだというのか。

しばらく間をおいて、また幾つか、花火が空に上がった。

静助があまりに熱心に勧めるものだから手を引いて連れてきたたゑが、嬉しそうに空を見上げている。赤子の時分から母に負ぶわれ、何度も花火を見てきたので、大きな音がしても恐《こわ》がりはしない。

そういえば、静助が青や緑の花火をいつかきっと空に上げると琴音に言ったのは、たゑがまだお腹にいた時だった、と琴音は思い出していた。あの時は、ほんの数年後に、こんなふうに子供と手を繋いで花火が見られる日が来ようなどとは思ってもみなかったが、たゑはもう自分の足で立ち、いっぱしに花火を楽しめるほどになっている。月日の早さに驚かされるとともに、言葉通り緑の花火を上げてしまった静助の熱意にも驚かされる。

「どうだい、琴音」

腕を組んで得意そうな顔をした静助が近づいてきて琴音に訊いた。

「ええ」

「ようやく良い緑が出た。お披露目の試し打ちだ。ちゃんと見てくれたかい」

「ええ、見ました」

「奇麗だったろう」

静助は輝くような笑みを浮かべて琴音に話しかける。普段見せたこともないような、得意気な顔をして、鼻の穴を大きく膨らませている。

「なあ、奇麗だったろう」

「ええ、奇麗でした」

子供じゃあるまいし、いったいこの人は、なぜ、たかが花火ごときにこれほど夢中になれるのだろう、と毎度のことながら琴音は不思議に思う。花火の後のこの人はいつもこんなふうにさっぱりと気持ちよさそうにしている。それはもう昔からずっと変わらなかった。

「やはり緑は空に一段と映える。赤とはまるで趣が違うね」

「そうですね」

「赤には赤の良さがあるけれど、緑の目新しさといったらない。これを琴音とたゑに見せてやりたくってね。どうだい、まさしく格別だったろう」

「ええ」

「もうちっと濃い色なら尚、良かったんだが、空に上がると若干色味が変わってしまうから難しい」

「そうなんですか」

「いろいろ試してうまくいったと思っても、いざ上げてみると、どこかしら違っている。これを調整していくのが難儀でね。まあ、そこが花火の面白さでもあるんだが、ともかく思い通りにはなかなかいかないものなのだ。とはいえ、今宵の花火は、玉の据わりがとてもよかった。そこは素晴らしかった」

「ええ、ほんとに」

「この次は赤と緑が同時に広がる花火を見せてやろう」

「そんな花火が出来るんですか」

「出来るはずだよ。じきにね」

「それは楽しみですね」

「そうだろう？　楽しみだろう？　どうだ、塞ぎの虫も追い払えたろう」

「ええ。……え？」

静助が、許してやったらどうだ、と言った気がした。だが早口だったのと、小声だったのと、それからあまりに思いがけなかったこともあって琴音にはよく聞き取れなかった。

「今、なんと？」

静助が空を見て言った。

「了吉では琴音の期待に沿えんか」

今度はよく聞き取れた。

が、琴音は言葉を返せない。

黙っていると、川向こうで、誰かが静助を呼んだ。藤太だった。藤太が打ち上げた花火のことを、なにごとか静助に訊ねている。静助が大声でそれに応えた。そうして、なにやら二人で怒鳴りあうようにして喋っている。藤太が大きく頭を下げた後、ひょいと駆け出し、打ち上げ筒を荷車に積み始めた。染造と千次も素早く動いて積み込みを手伝っている。

花火は玉の大きさに合わせていちいち打ち上げ筒を替えなければならないし、打ち上げるたびに熱を帯びるので同じ筒で続けて上げられない。試し打ちとはいえ、複数打ち上げるとなったら可津倉流総出の大仕事なのである。

月明かりの下、三人が忙しく立ち働くのが見えた。

「もうおしまいなのですか」

「ああ、おしまいだ」

「あっけないものですね」

「そうかい？　だけど、あれだけの花火を拵えるのにふた月近くかかっているんだよ」

少し不満げに静助が言う。

「でしたらよけい、あっけないではありませんか。ふた月かけて拵えても空に上がった途端、見る間に消えてしまう。後には何も残らない。まるで幻のよう。静助さん、花火はそんなに楽しいですか。おっ姑さまも心配しておられますよ」

「知ってる」

「いい加減にしておいたらいかがですか」

「どうして」

「すぐさま消えてしまうものに大切な可津倉家の蓄えをつぎ込むのは惜しいではないですか」

「惜しい？　消えてしまうから惜しい？　なぜ」

「なぜって、消えてしまう花火とともに蓄えも消えてしまうんですよ」

ふう、と静助が溜息をつく。

「あのね、琴音、儂らだって同じだよ」

「え？」

「儂らだって、ぱっと現れ、ぱっと消えていく。儂らも花火と同じなんだよ。寿命が長いか短いか、それだけの違いじゃないか。消えてしまうからといって、なにがいけない。なあ、儂らの命があそこに見えると思ったらどうだ。ぱっと開いてぱっと散る。奇麗に散れたら嬉しいじゃないか」

「屁理屈《へりくつ》です」

「そう？　そうかな？　たゑ。たゑ。花火は奇麗だったたろう？」

静助が、たゑの頭に手を載せた。

こくりとたゑが頷き、静助が手を離した。たゑがふざけて、その手を摑もうとする。静助は邪険にしないで、くるくると腕を動かし相手になってやる。たゑがようやく静助の手を摑まえた。

「たゑ、たゑ。せっかく生まれたんだもの、生きてるうちに、奇麗なものをたくさん見たいよなあ」

たゑがにこにこ笑っている。

たゑの笑みに誘われたかのように静助もにこにこと笑いだした。

やや青みがかった月明かりが二人を照らしている。

交わされたその柔らかい笑みを見ているうちに、琴音はなぜだかひどく狼狽えたのだった。

胸の奥にちくりと刺さった痛みが琴音を襲う。

ここはどこだろう。

私はだれだろう。

よくわからないが、その時、琴音はふと、遠い彼方から自分を眺めているような心持ちがしたのだった。たとえば先程の静助の言葉に影響され、花火になって空から眺めた、というのではなく、遠い遠い先の世から自分を眺めているような心地、とでもいうのだろうか。たゑが大人になり、老人になり、やがて死んでしまうその先から、琴音はここを見ている気がした。

後々《のちのち》、琴音は語ったらしい。

あれはほんに不思議な気持ちだった、と。

心に花火がぽんと開いたようだった、と。

命という花火が。

琴音はこう続けた。

あんな気持ちになってしまったからにはもう仕方がない。静助さんという人を止める手立てはない。きっとそうなのだろうとはっきりわかってしまった。あの人はああいうふうにしか生きられないのだ。だから静助さんが生きてるうちは、静助さんの好きにさせてやるしか仕様がない。私があの人の兄嫁になったのもなにかの縁なのだろう。ああいう人を生かしてやるためにここに嫁いできたのだろう。だったら私もせいぜい奇麗な花火を見せてもらおうではないか。たゑといっしょに、これから先、見たこともないような景色を見せてもらおうではないか。静助さんは、あの日の緑の花火になにか仕掛けをしていたのかもしれない。それであんなふうに思ったのかもしれない。たゑという花火も萩という花火も、奇麗に咲いて奇麗に散るがいい。たゑも萩も、大事な大事な私の花火だ。存分に咲いて存分に散ればいい。

琴音はその日の話をそれこそ何度も何度も機会があるごとに語ったらしい。

そうして、琴音は、萩が了吉に嫁ぐのを許した。

萩と了吉は泣いて喜んだそうだ。

十三

人生山あり谷ありというけれど、それは人に限ったことではなく、案外、家という単位でも、そんなものなのかもしれない。

安定した地平を歩いていたつもりが、いきなりひょいと谷底に突き落とされていたりする。

右肩上がりで成長をつづけた可津倉洋物店だったが、ある日、ふいに潰れてしまったのだった。

まったくもって青天の霹靂《へきれき》のような出来事で、傾きだしてから店を畳むまではあっという間だったという。

いったいなぜそのようなことになってしまったのか、傾くきっかけが何だったのか、今となっては詳細はわからない。

了吉の大胆な投資が失敗したせいだという説もあるし、取引先の倒産による損失が引き金になったという話もあるし、なにより欣市の経営能力の低さにやはりなんらかの問題があったのではないかとも言われている。どれにもある程度信憑性《しんぴょうせい》はあるように思われるが、はたして実際のところ、どれが本当なのか、どれも本当なのか、あるいはどれも本当ではないのか、その辺りを検討する材料はとうに失われてしまった。

欣市が真の経営者だったのか、それとも、いつのまにやらお飾りの経営者になりさがっていたのか、そこのところもよくわかっていない。決して放漫経営などではなく、いつも几帳面《きちょうめん》に隅々まで目を光らせていたのは確からしいが、だからといって、すべてを把握していたとは限らない。また、了吉との役割分担がどのようになっていたのかも不明である。あるいは、なにか知られざる事情があったのかもしれない。

「ごまかそうと思えば、帳簿なんて、いくらでもごまかせるからな」

「隠そうと思えば、了吉は隠せる立場にあったからな」

身びいきからか、この話を伝える時、そんなふうにうっすらと了吉を貶《おとし》める一言が付け加えられていたりもするのだが、真偽のほどはわからない。おそらく了吉に近い人々は別の一言を付け加えてそれを伝えていただろうし、仮に欣市が了吉に大半を任せていて、そこでなにか大きな失策があったのだとしても欣市に責任がないとはいえないはずだ。

なにはともあれ、可津倉洋物店は開店当初から長きに亘《わた》ってあまりにうまくいきすぎていた。

ついでに言うなら短期間にめざましい成長を遂げすぎた。

そこに甘さや緩さが忍び込んだのかもしれない。

以前にも増して了吉に好きにやらせていたのは事実だったし（それが利益を生むのだから致し方ない）、欣市が東京でずいぶん贅沢《ぜいたく》な暮らしをするようになっていたのも事実だったし（そう広くはないが、いつのまにやら、お屋敷と呼んでもいいような立派な一戸建てを構えていた）、規模が拡大するにつれ、取引先を精査しなくなっていたのもまた事実だった（取引先が桁違いに増えていたところに人手不足が重なったのである）。

おそらく名前と信用が彼らを大胆にしてしまったのだろう。

良くない方に無理が利いてしまった。

欣市はちょっとした名士のようになり、その人の好さにつけ込まれたところもあった。

出資を頼まれれば気前よく出資したし、寄付を募られれば気前よく寄付をした。むろん、それらは可津倉洋物店の運転資金や利益で賄《まかな》われた。公私混同と思われる向きもあろうが、当時、そのあたりの区別はけっこう曖昧《あいまい》だったようだ。欣市の胸三寸でそれは出来た。

庄左衛門を見て育った欣市にはそうすることが当たり前だったし、いや、むしろ、すすんでそうしたいと、心の奥底で望んでもいたのだろう。

庄左衛門は何かあればいつでも村のために可津倉家の財産を躊躇わず差しだし、名主の座を下りた後も、村のために貢献し、名士として村の中心に君臨しつづけた。欣市はそれを間近で見てきたので、それこそがまさに可津倉家の血だと思い込んでいて、後を継いだからには、自分もそうでなければならぬと、生真面目《きまじめ》に捉《とら》えていたのだった。本来ならば、丹賀宇多村でこそ、その真価が発揮されてしかるべきだったのに、残念ながら丹賀宇多村ではそういう場面に出くわさず、いつしか村とはすっかり距離が出来てしまった。ゆえに、後ろめたさや失意が欣市にはあったのだろう。

可津倉洋物店の成長にともない、思いがけずそんな機会が巡ってきて、知らず知らず張り切ってしまう。

そこに、欣市の驕《おご》りがあったのか、はたまた誇りがあったのか。

欣市の根っこにあったのは、東京という土地で暮らしているにも拘《かか》わらず、丹賀宇多村の名主という家柄で生まれ育って培われた、地方の名家の精神だったようだ。

とにもかくにも可津倉洋物店はある日、ぐらりと大きく傾いた。上り調子の際の舵取《かじと》りは得意な了吉だったが、傾いた時の舵取りはままならなかった。持ち前の勘の良さと運だけで調子よくやってきた了吉だから、躓《つまず》いた途端、あわてふためいてしまう。経験不足から手立てを誤り、傷口が広がっていく。肝心要《かんじんかなめ》の欣市にしたってあてにはならない。慎重な人間だから俊敏に動けず、後手後手になる。

借金が見る間に膨らんだ。

とはいうものの、丹賀宇多村の可津倉家には田畑もあるし、蓄えだってある。だから、この時点で縋《すが》ればなんとでもなったはずなのだ。

了吉はむろん、それに気づいていて、死に物狂いで欣市に頼んでいた。

ところが欣市は、頑としてその案を受け付けなかったのだった。

可津倉家を巻き込みたくなかったのか、あるいは、静助や粂に頭を下げるのが嫌だったのか。

了吉にどれだけ必死に拝み倒されても、欣市はついに首を縦に振らなかった。

幸い、丹賀宇多の可津倉家と、可津倉洋物店は金銭的にきっぱりと分かたれていたので、何もしなければ共倒れになる心配はない。

その代わり、助けてもらわねば、可津倉洋物店が息を吹き返す道もない。

程なくして、欣市は忽然《こつぜん》と姿を消した。

そう、可津倉洋物店の倒産が免れないと悟ると、欣市は丹賀宇多の誰にも告げずひそかに出奔《しゅっぽん》してしまったのである。

了吉が丹賀宇多の可津倉家に駆け込んできて、ようよう、この恐ろしい事態が明るみになる。

洋物店の倒産というだけでもたいそうな驚きなのに、欣市が行方不明だと聞いて、皆、仰天した。

可津倉家は上を下への大騒ぎ。

四方八方手を尽くして欣市を捜すものの、行方は杳《よう》として知れない。丹賀宇多村のあちこちや、近在の村の親戚筋など心当たりを捜してしまったら、あとはもう、どこを捜せばいいのやら見当もつかない。

無事なのか、無事ではないのか、それすら誰にもわからない。右往左往するばかり。

粂は泣き崩れた。

粂は粂なりに責任を感じていたのだろう。

そもそも洋物店なんぞ始めなければよかったんだ、あの子は商売に向いてなかったのに、私が商いの道に引きずり込んでしまった。しきりにそんなことばかり言っておいおい泣く。

あんな仕事、早くやめさせればよかった。

いや、やめさせねばいけなかった。

まさかこんなことになるなんて。

継母だからと遠慮して、東京なんぞ捨てて早くこっちへ戻ってこいと強く言えなかったのも粂の後悔を大きくした。

庄左衛門亡き後、自分が親として、はっきりとそれを欣市に言うべきであった。

それにしたって、なさぬ仲とはいえ、いざという時、母である自分を頼ってくれなかったのがなにより口惜《くちお》しい。何に換えても助けてやったのに。欣市はなぜこの母を信じてくれなかったのか。

泣いても泣いても、粂の涙の種は尽きなかった。

いったいどこまで逃げていったやら。どこかで生きていてくれたらいいが。万一のことがあったら、あの世の庄左衛門になんと申し開きをしたらいいのだろう。

泣いてばかりで、食事も喉《のど》を通らない。

ろくに水も口にしないものだから、干からびたようになってしまった。

粂を心配した琴音が懸命に励ます。

「おっ姑さま、大丈夫ですよ。旦那様はきっとどこかで息災にしておられます。さあさ、泣いてばかりでは身体に毒です。粥《かゆ》をどうぞ召し上がれ」

琴音だって泣きたかったろうが、いっしょに泣いている場合ではない。粂を宥《なだ》めすかし、飲まず食わずでついに床に伏してしまってからは、その面倒も見、合間にたゑの世話をし、呆《ほう》けたようになっている粂の代わりに、内向きのことをすべて琴音が差配《さはい》しだした。

こういう時、くよくよしていないところがいかにも琴音である。いつにもまして、気丈に振る舞い、動き回った。

丹賀宇多のことは琴音に任せておけばどうにかなると早々に判断した静助は、了吉に請われるまま、後始末のため、東京へと旅立つこととなった。

寄留先は、宿賃節約のため、了吉の家である。

狭いながらも、掃除は行き届き、居心地は頗《すこぶ》るいい。食事や着る物の世話は萩がやってくれるから大いに助かる。この二人となら気心が知れているので、狭い家で鼻を突き合わせていてもちっとも気詰まりではなかった。それどころか、三人で過ごす懐かしさもあって、笑いが絶えない。

といって、ゆっくり寛《くつろ》いでばかりもいられない。

日本橋のはずれの店を売り、街道筋の店を売り、新しく手に入れたばかりの横浜の倉庫を売り、欣市自慢の家を売り、家財を売り、残った商品を売り、売れるものは何もかも売り、売掛金や貸し付け金を出来うるかぎり回収しようと走り回り、逃げた者は追いかけ、借金を少しでも減らそうと了吉と二人、朝から晩まで働きづめに働いた。一刻を争うから、二人とも必死である。思いがけず高額で売れた私財（欣市は、どうやら家具道楽だったらしく、凝った希少な家具をたくさん集めていた）などもあって、これならどうにかなるかもしれぬ、と了吉と二人、手を叩いて喜びあったものだった。

ある程度目鼻が付いた頃、静助は葉と会った。

大川端近くの実家に戻されていると聞き、訪ねていったのである。

むろん、欣市の行方について、心当たりはないか、訊くためであった。

葉は欣市の弟である静助に会えたことを喜び、座敷に上げて歓待してくれたのだったが、残念ながら欣市の居所については何も知らなかった。別れて以降、連絡は一切無いと悲しげな顔で答えるのみ。

「用事でしばらく家を空けねばならぬゆえ、おまえはとうぶん、大川端に戻っていろ、と言われたのでございます」

と葉は語りだした。

まさか洋物店が潰れかかっているなどとは思いもしなかったから言われるままに実家に戻ってきて三日めに、欣市がいなくなったと泡を食って訪ねてきた了吉から詳しい事情を聞かされ、肝を潰したのだそうだ。

「言われてみれば、おかしなことは、縷々《るる》あったのです」

まずその日、下女《げじょ》のみつも里へ帰された。留守の間の家の世話をしてくれる下女を帰してしまっては後で困りますと訴えたが、なに、たまにはいいだろう、と欣市は気にも留めない。ぬか床の世話や、ちょろちょろ顔を出す猫や植木の世話などを隣家の下女に頼みにいき、それからみつは少ない荷物をまとめて、いつまでに戻ってくればいいですか、と欣市に問うた。ところが、欣市はわからんとしか言わないのである。曖昧な返答にみつは困惑するばかり。そのうえ未払い分の給金だけでなく、過分な駄賃をまとめて、ほら、と気前よくみつに渡して寄越すものだから、初めは里帰りを喜んでいたみつも、もしや馘首《くび》なのかと疑い、泣き顔になって葉にすがりついた。

あわてた葉が、鹹首ではない、連絡したらすぐに戻ってくるようにと宥め、きっと戻ってきてちょうだいよ、と約束して漸《ようよ》うみつを送り出すまでに約半時《はんとき》ほど。やれやれ一つ片づいたと、胸を撫で下ろして、さて、では、そろそろ自らの里帰りの支度をいたしましょうかと部屋であれやこれやしていたら、珍しく、のそりと戸口に欣市が現れた。おや、どうなさいました、と首を傾げると空き家になると物騒だから、着物だの、宝石だの、大事なものは成《な》る丈《たけ》たくさん持って行けと葉に言う。たかだか数日家を空けるだけでそんなことまでする必要があるだろうか、と訝しんだが、近頃空き巣も多くなったし、旦那様がそうおっしゃるのでしたら、ではそういたしましょうかといつもより大きい俥《くるま》を頼んで詰めていると、欣市が、これもいいのか、あれもいいのか、と帯留めだの、簪《かんざし》だの、掛け軸だの、小さくて、けれどもそこそこ値の張るものを後から後から持ってくる。ええ、ええ、とはじめは気安く受け取ってはいたものの、きりがないので、ここらでもう、と発《た》とうとしたら、欣市がしみじみした口調で、達者でな、と葉に声をかけたのだった。あなたさまも、と何気なく返したが、あんな挨拶《あいさつ》をかわしたことなどついぞなかった気がして、俥が進みだした途端、なんともいえず、いやな胸騒ぎがしたものだった。

あれは別れの言葉だったのでしょうか、そう言って葉は目尻に滲《にじ》んだ涙を拭った。

「そうかもしれませんなあ」

なにげなく静助が言うと、葉はついに手のひらで顔を覆って、盛大に泣き出してしまう。

「私はなんという薄情者でございましょう。どうしてあの時、気づかなかったのでしょう。いえいえ、本心ではなにかおかしいと気づいてはおりましたのです。それなのに、どうして私はあの時……、あの、胸騒ぎがした、あの時に、すぐに取って返さなかったのでしょう。あの時そうしていたなら、今頃、こんなふうに離ればなれになってしまわずにすんだのに」

泣く女を前にして、静助は途方に暮れる。

掛けてやる言葉もない。

かねてより、長らく兄とともに暮らす葉とはいったいどのような人物なのだろうと想像逞《たくま》しくしていたが、会ってみれば、なんのことはない、痩《や》せぎすの、平凡な年上の女にすぎないのだった。

病弱であるとも聞くし、頼れる実家もあるのだから、連れて行かぬが葉の幸せ、と欣市は置いていったのだろう。ぼんやりと女が泣きやむのを待っていたら、

「お返しいたしましょうか」

いきなり、すうっと面《おもて》を上げて、葉が訊いた。

「なにをです」

「いただいてきた着物やらなにやら、お返しいたしましょうか。ずいぶんとここへ持って参りました。まだきっと借金もたんとおありでしょう。そんなものでも、売れば、いくらかでも足しになるのではありませんか」

赤い目をした葉が言う。

「なあに、ご心配には及びません」

静助は殊更あっさりと返す。

「おおむね目処もたちましたし、なによりそれは、兄があなたへ差し上げたもの。そんなものまで取り上げたら、兄が戻った時大いに叱られます」

「はあ」

納得のいかない様子で葉は気の抜けた声を出す。そうして、しばし、考えこんでいたかと思うと、思い詰めたような目を、ひたと静助に向けたのだった。

それから、躊躇いがちな、くぐもった声で静助に問う。

「旦那様はお戻りになられますのでしょうか」

さて、それを正面切って訊かれると静助も答えに窮してしまう。

「さあ、それは……」

きっと戻りますよ、そう答えてやりたいが、安請け合いもできない。

それきり黙していたら、葉が、どうしていっしょに連れて行ってくれなかったのでしょう、と憂《うれ》い顔でつぶやいた。

「そりゃあね、この家に置いてもらえぬわけではございませんよ。……とは申しましてもね、今更ここで厄介になるのは、やはり肩身が狭《せも》うございます。あなた様はご存じないかもしれませんが、私は貰い子で、養母《はは》には私の下に実子がございましてね。その子がいずれこの家を継ぐはずなのです。養父《ちち》はとうに亡くなりましたし、養母もいい年ですから、いつまでも血の繋がらない私がここで甘えているわけにもまいりません。遅かれ早かれ、出ていくことになりましょう。幸い、多少なりとも芸事ができますから、なんとかそれで身を立てられるのではないかと思っておりますが、さて、どうなりますやら」

ほつれた髪を直しつつ、葉がゆるりゆるりと風に吹かれるように首を振る。いつまた泣き出すかしれやしない、気怠《けだる》い危うさがその全身から漂っている。

静助はぼんやりと、葉の顔を眺め見た。

置き去りにされた女の、なんと寂しげな、儚《はかな》い風情だろう。それに比べて琴音の、なんと勇ましかったことだろう。思い出して、少しばかりおかしくなる。同じ境遇でありながら、この女二人は、なぜこれほどまでにちがうのか。性質の違いばかりとは思われぬ。

ようするに、琴音にはたゑがいる、そういうことなのではないかと静助は考えた。たゑだけではない。丹賀宇多に根づいて暮らす琴音には面倒を見なければならない粂もいるし、ひいては守るべき家もある。現に今も、琴音は丹賀宇多の家を守ってくれている。そうして守るべきものは、また逆に、琴音を守ることにもなるのだろう。それに引き換え、葉にはどうやら、そのようなものがない様子。子もいないし、親との間柄も、世間のそれとはずいぶん異なっているらしい。この女は、これから先、身一つで、この大都会をどうにかして生きぬいていくしかないのだろう。きっと、これまでも欣市だけが頼りで、欣市だけにすがってここまで生きてきたにちがいない。

静助はなんだか、この女が哀れなような気がしてならなかった。

こんなことならいっしょに連れていってやったらよかったのに、と兄の所業をうらめしく思ったりもする。たとえ、先々どれほど苦労することになったとしても、その方が、この女には幸せだったのではないだろうか。

とはいえ、もし、兄がそうしていたら、今度は琴音が嘆き悲しみ、大いに苦しむことになったかもしれない。

あちらを立てればこちらが立たぬ、こちらを立てればあちらが立たぬ。

つくづく難儀なことだと静助は溜息をついた。

兄はこういう息苦しさに、絶えず苛《さいな》まれていたのだろうかと気づいたら、いくらか同情する気持ちも湧いてくる。

葉がいながら琴音を嫁にもらったのだから、自らの蒔《ま》いた種とはいえ、兄はずいぶんと気の晴れない、重苦しい日々を送っていたのではあるまいか。そのうえ商売までもがうまくいかなくなったとあれば、逃げだしたくもなろうというものだ。

そこまで考えて、静助は、ふいに、兄がどこかで無事に生きているような気がしてきたのだった。

兄の身をひたすら案じ、よもや思い詰めてあの世へ旅立たれたのでは、とよからぬ想像をしては怖じ気づく日々だったが、なに、今頃は、どこかで長年の息苦しさから解放されて、やれやれと一息ついているにちがいあるまい。

静助はくすりと笑った。

そうだ。

きっとそうだ。

こんなことでもなければ、兄はこの暮らしを止《や》められなかったのだろう。

それにつけても、ああいう融通のきかない、兄のような者には、あちらにもこちらにも頭を下げねばならぬ、潰れた店の後始末は酷だったはずで、いなくなったが存外正解だったかもしれない、とそんなことまで思ってしまう。

気づくと、葉が困ったような、怪訝な顔で静助を見ていた。

静助はあわてて笑みを引っ込めると、兄の身勝手をあらためて詫び、なにか便りがあったら是非こちらに報せてほしいと頼んだのち、葉のもとを辞したのだった。

その考えを了吉に語ると、

「儂もどうもそんな気がしてならんかった」

と俄《にわか》に賛成してくれた。

「長年苦楽をともにして働いてきたが、そうあっさり死なれるお人ではないよ。そのうち、ひょっこり戻ってきなさるんじゃないか」

若い時分に欣市と共に学んだ仲間が散り散りになって各所にいるし、なかにはうんと成功している者もいるそうだから、そのどこかに身を寄せているのではないか、というのが了吉の見解だった。

「そうですよ、どこかにちゃあんと、義兄《にい》さんを助けてくださる方がいらっしゃいますよ。そもそもおたゑちゃんを置いて死にゃしません。あんなに可愛がっていたのだもの。死にたくないから逃げてったんでしょうよ」

と萩もまた、大いに賛同する。

どこにいたとしても、欣市はきっと、たゑのことを気に掛けているはずだ、と萩は言う。

可津倉洋物店がきれいさっぱり何もかもなくなった晩のことだった。

明日には丹賀宇多へ帰る静助を囲んで、了吉と萩とで両国の料理屋に行き、猪鍋《ししなべ》を食べながら、店の始末の労を労《ねぎら》い、しばしの別れを惜しんでいた。

土地から家から店から、なにからなにまできれいさっぱりなくなってしまったものの、そのおかげで借金もまた、ほぼなくなって、清々しい気分で鍋をつつけるのがまずはありがたかった。

残った幾《いく》ばくかの借金は、了吉がこれから働いて返すという。

可津倉家が負担すると言っても、了吉はよしとしなかった。ここまでにしてもらった恩も返したいし、せっかくここまでやり遂げながら最後の最後で可津倉家を頼ったのでは意味がない、欣市さんも悲しむだろう、頼むから好きにやらせてくれ、と言い張る。

了吉のことだから、なにか算段があるのだろう、と静助はまかせることにした。

なにしろ了吉は頗る威勢が良い。

「これからが、儂の腕の見せどころだ」

と、まったく悄《しょ》げてはいない。

悄げるどころか、むしろ、日を追うごとに潑剌《はつらつ》としてきていた。可津倉洋物店の後始末に奔走する過程で、了吉の才を見込み、うちで働かないか、いっしょに商売をしないか、と声をかける輩《やから》が次から次へと現れたためである。それが自信にもなったのだろう、了吉は着々と、次の算段を始めたらしかった。

どんな誘いであろうとも、おいそれと話に乗らず、かといって無下《むげ》にもせず、ただ嬉しげに詳細を聞いて、風向きを確かめている。これから先、どこに勢いがあるのか、なにをしたらいいのか、世の中の流れを見極めているのだと了吉は言った。

分不相応なほどの老舗の大店《おおだな》からの誘いにも、浮かれるでなく、舞い上がるでなく、まるで同じ調子で相対するところは、なかなか天晴《あっぱ》れではあったが、いくら商売事に疎《うと》い静助とはいえ、さすがにもったいないような気がしてきて、せっかくだから使ってもらったらいいじゃないかと水を向けると、にやりと笑った了吉に、ああいう大看板がいつまでも偉いと思うのはまちがいだよ、せいちゃん、と逆に諭されてしまうのだった。

世の中の流れは、静助が思っているよりもずっと速いらしい。

「なら、どうするつもりだい」

と訊ねても、了吉は明快に答えない。

ただにやり、にやり、とほくそ笑むばかり。

はは
ん、なにか商売を興すつもりだな、と勘づいたが、静助はそれ以上、問いつめなかった。おそらく、独立独歩で歩んでいくのは、了吉の望むところなのだろう。

了吉の脇には萩がいて、一皮剝《む》けたような、すっきりと大人びた顔で悠然と笑っている。

了吉がどういう道を行こうが萩は一向、構わぬらしい。それどころか、いざとなったら、私が食べさせてあげます、と平気で大口を叩いている。

赤ん坊の頃から知っている萩がこういうふうに成長するとは思わなかったから、静助は些か圧倒され、そのうえでよくぞこの二人がいっしょになったものじゃないか、とあらためて思うのだった。

なるほどこういう女でなければ了吉の嫁は務まらなかったかもしれない。

この二人ならきっと、東京という大海原を渡っていけるだろう、と静助は二人を見ながら得心《とくしん》する。

「どうなることかと思ったけれど、終わってみれば、なかなか面白い日々だったな」

と了吉が箸を動かしながら静助に言った。

「ああ、面白かった」

と静助が答えた。

「まさか、こんなふうに、せいちゃんとともに汗水垂らす日々が来ようとは、夢にも思わなかった」

「ああ、思わなかった」

「なあ、せいちゃん。せいちゃんは思っていた以上に立派だったよ」

「そうかい？」

「ああ、立派だった。子供の頃とは比べものにならないくらい立派だった。あの頃のせいちゃんときたら、いかにものんびりとして、霞《かすみ》を食って生きてるようなところがあったじゃないか」

「なんだいそれは。皮肉かい」

「皮肉なもんかい、そのまんまを言ってんだよ。だって、そうだったじゃないか。いくら可津倉の家に生まれたからって、あんなにのほほんとして、此奴《こやつ》このままで大丈夫か、と心配になるほどだった」

それを聞いて萩が、なにごとか思い出したように笑う。

「しかしながら、儂は今度のことでよくわかったよ。せいちゃんは、なかなかの人物だった。なにしろ一本、筋が通ってる。せいちゃんがいてくれなかったら、こうもうまく事が運ばなかった」

「おまえは相変わらず、口が達者だな」

「いやいや、ほんとうにそう思ったのだ。誠《まこと》を尽くすから、目の前の人が心を開く。柔らかくなる。あれは、一朝一夕で出来ることではないよ。せいちゃん、丹賀宇多で案外苦労してきたんだろう。儂ゃ、ようくわかったよ。せいちゃんのことだ、どうせ呑気《のんき》にやってるにちがいないと思っていたが、そうでもなかったんだな」

「どうかな」

「そうだろうよ。儂にはすべてお見通しだ。いやね、この際、我が身を省みるところもあった。今後は儂も、少しばかり、せいちゃんを見習うこととしよう」

面映ゆくて、静助はそっぽを向く。

「それで、せいちゃん、これからどうするんだい」

猪肉を口に運んで了吉が訊く。それは先程、静助が了吉に問うたのと、ほとんど同じ問いだった。

「どうって。明日丹賀宇多に帰るんじゃないか」

「だから、その後だよ」

「後？」

「だって、そうじゃないか。欣市さんがいなくなったとあれば、とりあえず、せいちゃんが可津倉家の嫡男《ちゃくなん》ってことになるだろう。この先、どうするんだよ。そうそういつまでも嫡男不在で、有耶無耶《うやむや》なままにしてはおけまい」

「当面様子見だ」

「それはそうだろうが、いつ戻るかしれやしない人を当てには出来んよ。せいちゃんは戸惑うだろうが、ともかく、そういう心持ちでいなけりゃ。周囲に付け入る隙《すき》を与えるとろくなことはない。とくに可津倉のような財のある家はね」

「だがしかし」

「欣市さんがいずれ戻ってくるにしてもだよ、一旦《いったん》は、せいちゃんが代わりを務めねばなるまいて。まずはさっさと嫁御《よめご》をもらって地場を固めるがいいさ」

「うむ」

萩が話に割り込んだ。

「たとえ、そうなったとしても、姉さんのこと、大事にしてくださいね。決してぞんざいにしないでくださいね」

「せいちゃんがそんなことするもんか」

了吉が静助の代わりにすかさず返す。「そんなこと、わかりきっているじゃないか」

「だって、姉さん、義兄さんに置いていかれて、まだ小さいおたゑちゃんを抱えて、さぞかし心細いはずなんです。ああいう人だから、おそらくそうは見えないかもしれないけど、きっと心で泣いているにちがいないんです」

「それはそうかもしれん」

と了吉が言った。「まったく琴音も不憫なことだ」

萩が暗い顔をして頷いた。

「私を学校へやるために、あの女の人のことを辛抱して、いくらか落ち着いてきたと思ったら、今度は義兄さんがどろんと消えちまって。なんだってまた、こんなひどい目にばかり遭わなくちゃならないんでしょう。あんまりですよ」

「たしかにそうだな。丹賀宇多一いい家に嫁いだというのに、これじゃあ、琴音は粂さんに仕えるために嫁いだようなものだ」

「ほんとですよ。嫁ぐと決まった頃は私も嬉しくてたまらなかったのに」

急にしんみりとした空気に包まれ、静助は気まずい心持ちになる。敏感にそれを察知した了吉がことさら景気のいい声を上げた。

「だけれどもまあ、可津倉家には、我らがせいちゃんがいるじゃあないか。安心しろ。せいちゃんはいつだって琴音の味方だ」

陽気な声で了吉に言われて、萩もおもむろに頷いた。

「ほんとうにそうですね。静助さんが可津倉家にいてくれるから、私たち、どれだけ心強いことか。姉さんの拠《よ》り所はきっと静助さんです。つくづくありがたい。こんなことなら、いっそ、静助さんのところへ嫁いでくれてたらよかったのに」

ええっ、と素《す》っ頓狂《とんきょう》な声を上げたのは了吉だった。

大きく目が見開かれている。

それに気づいて、はっ、とした顔で、萩が口元を手で押さえた。

誰もそんなことを考えたことがなかったのか、あるいは、皆、一度は考えていたことなのか。考えていたとしても表に出てこないよう抑えつけていたはずのそれがいきなりあからさまになって、一同に困惑が広がった。咄嗟《とっさ》にどうしていいのかわからず、互いにあちらを向いたりこちらを向いたり、おかしな感じでそわそわする。

「いったいなにを言っているんだ」

と静助がどうにかこうにか、声をあげた。「莫迦莫迦《ばかばか》しい。儂のところへなんぞ嫁いでいたら、琴音はいっそう苦労せねばならんぞ」

なんとはなしに空々しく聞こえるその言葉を聞いても、了吉や萩は何も返せない。静助にもそれ以上、付け加えられる言葉がない。妙な沈黙に為す術もなく、あらかた食べ終えた鍋の中身を三人でぼんやりと見つめるという、どうにも間の抜けた時が流れた。

「そうじゃ、そうじゃ」

すると了吉がふいに大きな声をあげて、一同をぐるりと眺め渡した。そうして芝居がかった調子で、すいと立ち上がると、窓辺に近づき、障子窓を勢いよく開け放つ。

桟に手を掛け、身を乗り出すと、はっはっは、と元気に笑いだした。

「せいちゃんのところへなんぞ嫁いでいたなら、琴音はいっそう苦労したわ」

了吉の腕が外へと差しだされ、指の先が天を指し示す。

「だって、そうじゃろう。なんたってせいちゃんは、名にし負う花火道楽だぞ。きっとこれから先、もっともっと花火に血道を上げるにちがいない。そんなところへ嫁いでみろ。嫁御は災難だ」

はっはっは、と静助も笑いだす。

「たしかにそうだ」

空には星が瞬《またた》いている。

この日、空に花火は上がっていない。

それなのに、三人の目には花火が見えていた。

ぽん、と広がる明るい花火が。

その温かい光が座を和らげた。

さて、実のところ、静助と琴音が夫婦になるという可能性は、まったくなかったわけではない。

当時は、わりあい抵抗なく、夫や妻を亡くした場合の後添えに、そうした近い間柄で縁談を進めることがままあったのである。

それでいっそう、そんな可能性や未来について、語られることになったのだろう。

猪鍋を食べた夜のことは、萩によってたびたび語られた。

そこには彼女の願望がいくらか含まれていたようにも思われる。

あるいは後悔。

「あん時に、あんなふうに、静助さんの花火道楽に託《かこつ》けて話を締めてしまったものだから、静助さん、姉さんを嫁にしようと思うのを戒めてしまったのかもしれないねえ。花火道楽で苦労するなんて、あんなこと、言わなけりゃよかったのに、すらっと言葉が出てきちまったもんだから。ほんとはそんなこと、どうだってよかったのに、なんであん時、あんなふうに話が転がっちまったものやら。ほんの少しちがう道筋になっていたら、そうだそうだ、そりゃあいい、この際、いっしょになっちまえ、って、そういうふうに事が運んでも不思議はなかったと思うんだけどね。けれどもまあ、これが巡り合わせってことなのかもしれないねえ。あの時はまだ、欣市さんも、生きてらっしゃったから、夫婦《めおと》になっちまったら、それはそれで、まずいことになっていたわけだし。なんせ、あの頃にはもう、戸籍、ってのが、しっかりとありましたからね。ようするにあの二人の場合、時機が味方してくれなかったということ。いっしょになるならもっと後か、あるいは、はじめっから静助さんに嫁いでいたらよかった。それは、私がもう、ずっと前から思っていたことでした。

私が縁結びの神だったらまちがいなくそうしたはずなんだけれども……。天にいらっしゃる神様だか仏様だかは、ちょっとばかり、しくじっちまったのかもしれないね。神様や仏様だってしくじることはあるんですよ、きっと」

ずいぶん年を取ってから、萩江婆《はぎえばあ》（と晩年、若い者にそう呼ばれていた）はそんなふうに冗談めかして言っていたそうだ。

あの日、窓の向こうに、彼女は何を見ていたのだろう。

了吉や、静助は、何を見ていたのだろう。

花火の向こうに見えていたのは、遠くの未来か。

有り得るかもしれない未来。

それとも、有り得ない未来。

幻の花火は、幻の未来を、彼らに垣間見せていたのかもしれない。

十四

洋物店を失った後も、可津倉家は丹賀宇多村で、今まで通りの暮らしをつづけていた。

そうするより他、ない。

幸か不幸か、元々不在がちの欣市だったから、久しく姿が見えなくとも、またいつものように東京へ行っているだけだという錯覚に、皆うっかり陥ってしまう。失踪《しっそう》という事実は薄められ、日常の忙しさに紛れていく。静助や琴音だけでなく、使用人や小作人たちにしてもそうだった。一旦騒ぎが落ち着いてしまえば、そこから先はもう、誰しも坦々といつも通り働くのみだ。

たゑもまた、生まれた時からたまにしか顔を合わせなかった父なので、失踪という事態をよく呑み込めなかったのか、たいして悲しんでいる様子はない。

そんななか、最も打撃を受けていたのは条だった。ある意味、条だけが、はっきりと現実を受け止めていたともいえる。

ただし、その現実は条にとってあまりにも重かったようではあるが。

条にしてみたら、可津倉家へ嫁いできて以来、大切な玉のように育ててきた、いや、育てるようにときつく命じられてきた欣市がいなくなったのだから当然といえば当然である。条はそのためにこそ、庄左衛門の後添えとして、この家に入ったというのに、その玉をいきなり失ってしまったのである。条にとって、これほど大きい痛手があろうか。とうに成人し、粂の手の届かぬところにいた欣市ではあったが、むしろ、いなくなった途端、粂にとって欣市はまた幼い子供に戻ってしまったかのようだった。意識も少し混濁していたのか、昔々の幼い頃の欣市のことをしきりに話し、話しては消沈し、めっきり塞ぎ込むようになってしまった。病は気からというけれど、これがきっかけとなって、健康まで損ねてしまう。日がな一日、寝たり起きたり、ただぼんやり過ごす姿は、晩年の庄左衛門にそっくりだった。

その分、琴音が忙しく立ち働いた。

琴音は逆境に強い。苦労して育った強みがそこにある。

働くことが当たり前の幼少期を経てきているので、いくら仕事が増えても一向に苦にならない。それどころか、増えれば増えるほど生き生きと動き回れる奇特な質《たち》だった。もともと頭はよいし、差配する要領もいいので、琴音の下にいる者はやりやすい。次第に、琴音の指図を仰ぐのが自然になっていく。

やがて、内向きの仕事にかぎらず、静助の担っている外向きの仕事にまで手が広がりだした。むろん、すべてではないが、頼まれればどうにかこうにかやり遂げてしまう。

それをいいことに、静助は、隙あらば藤太のもとへ出掛けていく。

遠巻きに、

「静助さんはいい嫁御を貰いなさったのう」

などと勘違いされることもままあったようだ（そのあと、何を仰る、あれは欣市さんの嫁御じゃないか、などとどこからともなく訂正されるのではあったが）。

ところで、可津倉流の花火は、静助の情熱と資金によって、いっそうの進化を遂げていた。

塩素酸カリウムや炭酸ストロンチウムで得た鮮やかな赤に、硝酸バリウムを使った緑、炭酸銅による青と、色味がさらに増した。

明るさへの試行錯誤も進み、空に色を刻印するかのごとく、ざん、と割れた瞬間に色が出る、華やかな花火が現れた。

後に、牡丹《ぼたん》、と呼ばれるようになるこの花火は、江戸の頃の和火にはなかったものである。

色を手に入れたことで編み出された新しい花火。

柳のように空中で光が長く垂れ、線となって流れていかない分、色そのものがくっきり点として映える。単純ではあるが、だからこそ、花火らしい花火ともいえた。

静助はこれに夢中になった。

より発色のよいものを。より大きいものを。より形のきれいなものを。より明るいものを。

工夫のしどころはいくらでもある。

そこが面白い。

進めども進めども、まだ先がある。

近在に可津倉流の名が轟《とどろ》くにつれ、弟子にしてほしいとやってくるものまで現れだした。

静助は迷うことなく、彼らを受け入れていく。

花火に魅入られてやって来た者を静助が無情に追い返せるわけがない。断るつもりでいてもいつのまにやら招き入れている。藤太が渋い顔をしても、静助は、まあいいではないか、とりあえず置いてやれ、と取りなしてしまう。

花火というのは、拵えるのに手間も暇もかかるので、新しいものに挑みたければ、それ相応の人手がいる。形や大きさを変えて、まとまった数の花火を上げたいと思えば、そこにもまた人手はいる。つまり、人手はいくらあっても邪魔にならない。

むろん、養うだけの資金があれば、の話だが。

可津倉流では、花火を拵え、打ち上げに行くことによってある程度の収入は得ていたし、杢さんのいた頃から畑を拵えたり鶏を飼ったり、近頃では可津倉家の所有する田圃で米や作物を作るようにもなっていたので、なんとか皆が食べていけてはいたが、こんなふうに無頓着《むとんちゃく》に人を増やしていってしまうと、徐々に賄いきれなくなっていく。

当然のことながら、穴埋めは静助がした。

鍵屋や玉屋《たまや》じゃあるまいし、こんな辺鄙《へんぴ》な場所で、いつまでもそんな道楽にかまけていてどうする、という陰口が聞こえなくもなかったが、静助は気にならない。それどころか、そんなふうに鍵屋や玉屋とともに語られると、ようやくあの憧れの花火屋に追いついたようで悪い気はしない。いや、かえってやる気が出るほどであった。粂が弱り、欣市もいなくなって、静助を戒める者や、窘《たしな》める者がいなくなったというのも大きかったかもしれない。唯一、意見出来たとすれば琴音なのだが、琴音は、すでになにやら悟ったかのように、静助の好きにやらせていた。というか、琴音は、己の立場がよくわかっていた。夫のいなくなった嫁の身分で、仮ながらも当主ということになっている静助に、差し出がましい口をきくことなど有り得ない。あくまでも琴音は可津倉家の外から来た者で、可津倉家を陰で支える者でなければならなかった。それに、琴音は静助にかまけていられないほど、日々、忙しかったのである。

たゑの教育にも、琴音は熱心だった。粂の世話も手を抜かなかった。

可津倉家にとって、琴音は欠かすことのできない存在になりつつあった。

丹賀宇多神社の奉納花火は派手になる一方で、それは日清戦争が勃発《ぼっぱつ》しても変わらなかった。

戦時だからと自粛するどころか、戦勝祈願の奉納として、例祭とはべつに冬の最中《さなか》に花火が打ち上げられたりもした。

丹賀宇多村にも徴兵《ちょうへい》された者が一、二名あったらしいから、それが戦勝祈願の奉納へと結びついたのかもしれない。

徴兵を猶予する法律はすでに撤廃されていたので、まかり間違えば静助だって徴兵される可能性はあったわけだが、丹賀宇多村にかぎっていえば徴兵されたのは、過去に徴兵された実績のある者のみだったようだ。ようするに即戦力となる兵士が求められていたのだろう。

静助は、戦争が勃発しても、そう驚かなかった。

了吉から少し前に、どうやらそんな雲行きになってきたぞ、と聞かされていたし、静助自身、分捕り合戦をつづけていたらいずれそうなるのではないか、とうすうす感じていたからでもあった。そうか、今度はこちらから分捕りにいくのか。むざむざ分捕られてはたまらないと世の中をご一新し、総出で異国に立ち向かってから二十幾年、この奪い合いに終わりはない。

そのくらい日本が強くなったということよ、と了吉は嘯《うそぶ》く。富国強兵の道筋がうまくいったということよ。

富める国になったからか、ここぞとばかりに背伸びをしたのか、今回の戦費はとてつもない規模なのだそうだ。

そうして、それが了吉の心を浮き立たせてもいた。

それだけの金をかけて出張《でば》っていくのだから、我が国が勝つのはもちろんだが、その際、征清軍《せいしんぐん》とともに儂も一旗揚げさせてもらうつもりでいる。

いったい争いに乗じてどのように一旗揚げるつもりなのだと訊ねたい気持ちはやまやまだったが、静助は、それ以上、詳しく聞かなかった。了吉はすでに独り立ちしているのだし、いかなる商売をしようと静助がとやかく言う筋合いはない。余計なことを知って、気が滅入るのもいやだった。

戦場が遠くであるのをいいことに、静助は時折、戦争のことを忘れた。

そういう者はおそらく多かったことだろう。

そのくせ、やれ、戦勝祈願だ、やれ、どこそこの争いに勝利した祝いだ、と勝手な名目をつけては丹賀宇多川でしれっと花火を上げたりしていた。そんな名目であれば、いくらでも上げられる御時世なのだった。

「静助さん、また花火を上げてなさる」

「今度はなんの花火だい」

「さて、なんの花火だか」

「それにしたって近頃はよく花火が上がるねえ」

それは老いて衰えた粂を連れ出す良い口実でもあった。

静助にしてみたら、それこそが親孝行のつもりでもあったのだろう。

粂が喜んでくれたら、それだけで静助は満足だった。この頃には、すでに、往年の賢《さか》しらな粂ではなかったから、静助の道楽に拍車がかかっているからといって、心を悩ますこともない。

ただ素直に、上機嫌で花火を楽しんでいた。

もっと見たい、もっと上げてくれろ、と子供のようにねだることもあったらしい。粂は元々、華やかなもの、賑やかなものが好きな質だから、新しい花火が性に合っていたのだろうか。というより、気塞ぎな日々の慰め、一条の光になっていたのかもしれない。その頃にはもう、街道沿いの可津倉洋物店を切り盛りしていた時分の溌剌とした粂を、誰も思い出せなくなっていた。翳《かげ》りは粂だけに訪れていたのではない。

可津倉家は、すでに、土地を、いくつか、失っていた。

政府の方針で分割されることになった里山の入会地の権利も早々に手放してしまっていたし、可津倉流の者たちに無償で田圃を貸してしまってもいた。彼らには住まわせる場所も提供していた。

じりじりと外縁から削り取られるように失っていく可津倉家の財産や収入について、深刻に捉える者は誰もいない。

とはいうものの、静助はなにも花火にだけ、財産を遣っていたわけではなかった。

一応、彼の名誉のために記しておくと、氾濫《はんらん》した丹賀宇多川に、あらたな堤防を造るという丹賀宇多村を挙げての大事業のために、可津倉家はかなりの額を寄付している。これは記録にも残っているそうだから、村人から多大な感謝もされたのだろう。

ついでながら、この時の護岸工事では、可津倉流の男たちの働きぶりも目立っていたらしい。可津倉流三十名の者が力仕事に携わったということも併せて記されている。

三十名という数にまず驚かされるが、本当のところはよくわからない。いくらなんでもそこまで大人数になっていたとは思えないから、延べ人数だったのかもしれない。あるいは、大袈裟《おおげさ》に書かれたものだったか。

数はともかく、そのくらい、静助はこの事業に私財を投じたようだ。

丹賀宇多川といえば、静助が好んで花火を上げていた場所だから、ここの整備のためとあらば、いっそう張り切らざるをえなかったのだと思う（となると、一概に村のためだけに私財を投じたともいえなくなるのだが……）。

ちなみに、可津倉家に残る私的な記録には、三十名どころか、可津倉流は門下生、三百名を擁したと、呆れた大風呂敷が広げられている。ここまでくると信憑性もなにも、そんな莫迦な、と笑うしかないが、ひょっとしたら、そんなふうに書きたくなるほどの活況を呈した頃があったのかもしれない。たくさんの人間がわさわさと花火を拵え、拵えては空に上げる。あちらこちらの村へ集団で出掛けていき、口上を述べて派手に花火を打ち上げる。賑々《にぎにぎ》しくも楽しげに活動する様子が目に浮かぶようだ。三百人くらいが蠢《うごめ》いているような騒々しさ、いや、華々しさがあったということだろうか。それとも本当に、多少なりとも可津倉流に関わった人間を一人一人数えていったら、それほどの数に達していたのだろうか。

にしの妹の、せつときわもその頃には可津倉流で暮らすようになっていた。

せつはきわの姉。

にしの実家である酒蔵が、腐造《ふぞう》ですべての酒を駄目にしてしまい、にっちもさっちもいかなくなった折り、口減らしにもなるからと、急遽《きゅうきょ》、にしが未婚のまま家に残っていた二人の妹を丹賀宇多に呼び寄せたのだった。

静助はこれにも反対しなかった。

男ばかりの可津倉流では、ちょうど女手が足りなくなっていたので、せつもきわも、いくらでも働きようはある。蔵人《くらびと》の男たちに囲まれて育ったせつやきわは、姉が仕切る裏方の家事仕事にすぐになじんだ。

にしには初め、いずれ、どちらかを静助の嫁に、というひそかな企《たくら》みもあったのだけれど、いったん妹たちをあてにしだすと、もういけない。役に立つうえ、ともに働くのが楽しいものだから、手放すのが惜しくなって、そのまま棚上げにしてしまう。

呑気に嫁をすすめられるような日々でなくなってしまったというのもあった。

日清戦争は泥沼化することなく早々に勝利して終わったものの、その後、勝利に水を差すような三国干渉へと情勢は動き、いきりたつ国内ではいっそうの騒がしさがつづいていたのだったが、その最中に、どうしたわけか、可津倉家に、欣市戦死の報が届いたのだった。

それはじつに奇妙で唐突な報せだった。

報せが届いたのがずいぶん遅かったうえに、遺骨も遺品もなにもなく、それは初め悪い悪戯《いたずら》のようにも思われた。欣市が戦地に赴いたことすら誰も知らないのだから、そのような報せをいきなり信じろと言われても無理がある。

いったいなんの話だ、と一同、首を捻《ひね》らざるを得ない。

同姓同名の別人なのではないか、とまず疑った。

そういった間違いはまれに起きる。

あちこち問い合わせてみるが、やはり欣市ではないかということになる。

こうなると突っぱねてばかりもいられない。

軍に伝手《つて》があるという了吉に再度調べてもらうこととなった。

そうして悶々《もんもん》とした何ヶ月が過ぎたある日、ついに事情が判明したのだった。

「義勇軍に参加したらしい」

と了吉が伝えてきたのである。

「欣市さんが世話になっていた村で義勇軍が募られて、儂でも役に立つならと、どうやら徴募《ちょうぼ》に応じてしまったらしいのだ」

わざわざ丹賀宇多まで来てくれた了吉が、可津倉家の座敷で、静助に仔細を語ってくれた。

年若い者が大半の義勇軍だったそうだが、それゆえ、かえって年嵩《としかさ》で、学のある欣市のような者がいてくれるのは助かると、三顧《さんこ》の礼《れい》で迎え入れられてしまったのだそうだ。間の悪いことに、当初義勇軍を認めていなかった政府も、この頃から、正式に参戦を認めるようになっていて、欣市の参加した義勇軍も正式に参戦を許され、じきに軍に合流してしまう。

それにしたって、なぜ、と静助は歯嚙《はが》みする。

自らすすんで、危地に赴くなど、静助には考えられない。理解しがたいこの事実を、琴音や粂にどう説明したらいいのだろう。

「人違いではないのか」

としつこく静助は問いかける。「よく確かめたのか」

了吉は、ああ、と短く答えた。

困ったような、悲しげな顔がそれを真実だと伝えている。

「なぜだ」

呻《うめ》くように静助は言った。「なぜわざわざ義勇軍になど参加したのだ。誰かに無理強いされたのか」

「いやいや、そうではない。義勇軍の一員として欣市さんが青山の練兵場にいた時、学友だった、差野山《さのやま》という人が面会に行って、話を聞いたうえで、止めたんだそうだ。けれども欣市さんの意志は変わらなかった。なんでも欣市さん、あれから知り合いの家を転々としていたらしい。この差野山という人の家にもしばらくいて、その後いくつかの家の世話になり、最後に、東京の西の向こうにある牛崎《うしざき》という、丹賀宇多より余程辺鄙な村で、小尾《おび》という友人宅に厄介になっていたのだそうだ。ここにはだいぶ長くいたそうだから、タダ飯を喰らっていつまでも他人の世話になってるのが余程辛かったんだろう」

「だったらここへ戻ってきたらいいじゃないか」

「そう簡単には戻れなかったんだろう。いずれ戻ってくるつもりでいてもなかなか決心がつかなかったんじゃないか？　そこへ降って湧いたように義勇軍の兵士が募られたものだから、これ幸いと参加してしまったんだろう。もともとあのお方は、国のために何かしたいという思いが人一倍強かったじゃないか。戦果をあげたら、いや、戦果などあげられなくとも、清《しん》に行って戦ってきたという事であれば、大きな顔でここへ戻ってこられる」

静助には言葉もない。

家に帰るのに大きな顔も小さな顔もあるものか、とただ思うだけなのだったが、欣市にはそういうつまらぬ拘《こだわ》りがあったかもしれない。言われてみれば、確かに、落ちぶれた姿でここにおめおめと戻ってくる欣市を静助は想像できなかった。ならば、もっと真剣に手を尽くして捜しだし、戻って来やすいよう、手を差し延べるべきであったか。静助は、思わずその悔いを口にする。

了吉は、静助を慰めた。

「なに、そんなことはない。せいちゃんはじゅうぶんに手を尽くしたじゃないか。儂だって必死に捜したさ。あれが精一杯だったよ」

「そうだろうか」

「そうさ。あの時の儂らにあれ以上なにが出来たというんだ。今回だって、義勇軍の記録やら、軍の記録やらが残っていたから、差野山という人や小尾という人に辿りつけたんだ。そうでなければ、何もわかりゃしなかった。欣市さんは、そのくらい、息をひそめて、いわば死んだように暮らしていたんだよ。だからこそ、義勇軍でぱっと派手に生き返るつもりだったんだろう」

「生き返る？　生き返るんじゃなくて死んじまったじゃないか」

「それはそうだが、欣市さんは死ぬつもりなんてなかったはずだよ。だからこそ、何も書き遺《のこ》してはいないんだ。捜したって、どこからも、なんにも出てきやしなかった。おかしいだろう？　おたゑや琴音にひとことくらい、あってもいいじゃないか。粂さんやせいちゃんに、伝えなけりゃならないことだって、いくらでもあったはずじゃないか。あのお葉さんにだって、なにも言い遺さぬはずはない。だけれども、どこからも、何一つ、出てきやしない。それはもう、きっちり整理をつけて戦場へ赴いた様子だった。あれは、生きてここへ帰ってくるつもりだったからにちがいないんだ。なにしろ勝つに決まってる戦いだからね。儂もそう思っていたし、欣市さんもそう思っていたんだろう。実際勝ち戦《いくさ》だったじゃないか。義勇軍が欣市さんに、新たにやり直す望みを与えたんだ」

望みという言葉が、虚しく静助に響く。

死んでしまっては望みなど、なかったも同じではないか。

そんなふうに思っていたなら、なにがなんでも生きて戻らねば、義勇軍に参加した意味などないではないか。

「撃たれたのか」

と静助は訊いた。「鉄砲にやられたのか」

静助の頭に花火が浮かぶ。あの火薬が武器として使われたなら、人は簡単に死ぬ。

「いいや」

と了吉は答えた。「伝染病だったそうだ」

「なに？」

「向こうに渡る船のうえで恐ろしい伝染病が蔓延《まんえん》して、欣市さんは命を落とされたのだそうだ。おおかた虎列剌《これら》だろう。居候《いそうろう》暮らしがつづいていたから、身体もいくらか衰えておったのかもしれん。丈夫な若者でもたくさんやられたというから、あの年ではひとたまりもなかったろう。どちらにせよ、悲しきことだ。病の蔓延を食い止めるために、亡くなった者の遺体はひとまとめにされ、あちらでどうにかしてしまったらしい。それで遺骨もないというわけだ」

「なんと」

戦死の報を聞いた時から、静助は、心のどこかで、欣市は鉄砲で死んだように感じていた。静助にとってあのなじみ深い火薬が、兄の命を奪っていったような気がしてならなかったのだ。丹賀宇多川で花火を上げていたあの時、どこか遠くで、欣市の胸に弾が撃ち込まれ、命が絶たれた。なぜだかそんなふうに思わずにいられなかった。

静助の打ち上げた花火が小さな硬い弾丸に変わり、一直線に欣市の胸へ飛び込んでいく。

それが目に見えるようだった。

だとしたら、花火にうつつを抜かしていた静助にも、責任の一端はあるのではないか。

あの時の花火と、欣市の死は、なにかしら、繋がっているのではないか。

そんな後ろ暗い因果を感じ、気持ちが大きく苛まれていた。

ちがったのか、と静助はやや呆然となる。

そうして、じきにやりきれない思いに襲われる。

よもや病に命を取られていようとは。

遥か異国の戦地でそのような皮肉な最期を迎えていようとは。

いったい、どうやって気持ちの折り合いをつけたらいいのか静助にはわからず、

むう、とひとつ唸って天井を見る。

そんなことになるのなら、義勇軍になど参加せず、おめおめと打ちひしがれてこ

こへ戻ってきてくれたらよかったのだ。落ちぶれていようと、みすぼらしかろうと、それがどれほどめでたいか、大きな祝いの花火をいくつも上げて、欣市にそれを実感させてやったものを。

気まずい思いなど、なにほどのものか。そんなもの、新しい、色とりどりの花火であっけなく払えてしまったはずだ。花火の上がる空を見上げて欣市は思っただろう。ああ、丹賀宇多へ帰ってきた、と。皆、それを喜んでくれている、と。そうしてなにごともなく、丹賀宇多での新しい暮らしが始まるのだ。

そうであったらどんなによかったか。

欣市を迎えねばならん、と静助は思い立った。

兄上の霊はきっとここへ戻ってきているはずだ。

どんなふうに戻ってこようとも、同じように迎えようと静助は思う。

生きていようと死んでいようと、ここへ迎えねばならぬ。

「花火だ」

と静助は言った。「兄上のために花火を上げる」

了吉は呆気にとられた。

花火？

そうつぶやいて、静助を見る。静助は、そうだ、花火だ、と大きく頷く。静助の花火狂いならよく知っているが、なぜ今ここに花火が出てきたのか了吉には察しがつかない。

欣市のための花火とはいったいなんだろう。

「止《よ》したがいい」

と了吉は、わからぬなりにとりあえず窘めた。「そんなことをされては、皆、困惑する」

「いや、花火だ」

と静助は譲らない。「今こそ、花火を上げねばならぬ」

了吉は頭を抱えた。

「花火より弔いが先だろう。そうだ、まずは弔いだ」

「そんなもの、所詮、形ばかりだ」

「それがどうした。形ばかりだろうとなんだろうと、弔いはするものだ。それで皆の気は済む。欣市さんは亡くなられたかと村じゅうで納得する。ろくに弔いもせず、いい気に花火なんぞ上げてみろ。嗤《わら》われるぞ」

「かまわん」

「なぜだ。なぜ花火だ」

「兄上を迎えるためだ」

「迎えるための花火だと？　それはなんだ。そんなもの、儂は聞いたことがないぞ。盂蘭盆《うらぼん》の迎え火のようなものか。ならば盂蘭盆まで待つがいい。いや、迎え火に花火というのもそれはそれでおかしな話だが。それより秋の祭りにいつもより多く上げてはどうだ」

「それまで待てぬ」

静助は頑《かたく》なだった。

まったくおかしな男だ、と了吉は嘆息する。静助というやつは、時に、このような頑なさを見せることがあった。昔からだから仕様がないが、さすがにこの状況で花火は不謹慎な気がする。静助には静助なりの理由があるのだとしても、欣市の死と花火がどのように結びついたものやら、了吉には俄に理解できない。

とはいえ、これが静助なのである。

了吉は思わず知らず笑いがこみあげてきた。

そうだ、これが静助なのだ。これ以上静助と問答を繰り返したところでおそらく此奴は折れないだろう。

ならば、この際致し方なし、と認めてやるしかあるまい。

それで、わかった、と頷いた。

しかしながら、ひときわ難しい顔を作って、

「花火を上げるにしても弔いの後にしておけ」

と釘をさすのを忘れない。

今度は静助が、わかった、と頷いた。

それにしたって弔いをしようにも、墓へ納める遺骨はおろか、遺髪すらないのだから、さぞかし切なかろうと、了吉は可津倉家の人々をあらためて思いやる。了吉自身、在りし日の欣市をよく憶えているだけに、彼がこのような最期を迎えたことが不憫でならない。静助にはまだ伝えそこねていたが、伝染病の蔓延した船のうえは、発症した者が次から次へと苦しみ抜いて死んでいく、地獄のごとき惨状だったのだそうだ。ひとまとめに葬られたというが、欣市さんは今頃どこにおられるやら。海に流されたか、異国で焼かれ、そのまま土に埋められたか。どちらにせよ、さぞかし無念であったことだろう。

そうして了吉は、はたと思う。

なるほど花火か、と。

高く高く、空に花火を上げて、どこか遠くにいる欣市さんに、丹賀宇多はここだと知らせてやるのも悪くないかもしれぬ。

この考えは、瞬く間に、噂となって丹賀宇多の隅々を駆け巡っていった。

了吉が意図的に流したのである。

静助の心情とは少しばかりずれてはいたが、お陰で静助の花火は、村人の反撥《はんぱつ》を買うどころか、人々の涙を誘うこととなった。

いくつも、いくつも、花火が上がった。

すぽん、すぽん、と気持ちよく空に大きな輪が広がった。

赤や青や緑や。

麗《うるわ》しい牡丹が空に咲いた。

大きな丸。小さな丸。小さな丸。大きな丸。

一つ咲いては散る。

それからまた、一つ咲いては散る。

延々とそれが繰り返された。

咲いては散り、散っては咲く。

川原に並んだ夥《おびただ》しい打ち上げ筒を、可津倉流の若い衆が順繰りに使って、玉を打ち上げていく。

実のところ、弔いからすでにふた月以上経っていた。作り置きの花火だけでは飽き足らず、新たに花火を拵えるのに時を要したためだった。その間、静助はほとんど可津倉流に入り浸りで、金のことは心配するな、精一杯の花火を拵えてやってくれ、と皆に発破《はっぱ》を掛けつづけた。静助の常軌を逸した熱意が伝わるものだから、誰も手を抜けない。天日で乾かすのが間に合わないとなれば、人力でばさばさと扇で煽《あお》り、薬品や材料が足りないとなれば調達するために東へ西へ駆けだしていき、朝から晩まで、可津倉流の皆は、ひとときも気を抜かず、身を粉にして働いた。静助もろくに休まず陣頭指揮を執りつづけた。

なにがそれほどまでに静助を駆り立てていたのだろう。

欣市への思いがあるにせよ、一種の道楽だ、と切って捨てられない領域に、静助は足を踏み出していたのかもしれない。

欣市の一生。欣市とともに歩んだ過去の時間。ご一新された世の中を意気揚々と歩んだ末の理不尽な死。弟の静助には悔いもあったし口惜しさもあった。疚《やま》しさもあったし、切なさもあった。ひとくちでは言い表せない複雑な思いが、ただ一つの花火へと収斂《しゅうれん》されていく。思いの丈が花火に溶かし込まれていく。

花火を見て、琴音は泣いた。

粂も泣いた。

たゑも、母親や祖母の涙につられ、ぐずぐず泣きだした。そんなたゑを琴音が抱き寄せる。

欣市を知る者は欣市を思い出して、涙を拭った。

欣市をそれほど知らない者までも、しんみりと涙を拭った。

亡き者への思いは、なにも欣市だけとは限らない。誰しも心の中に、亡き者を住まわせている。その誰かへの思いが自然にあふれてきたのだろう。

涙のさざ波が広がった。

可津倉流が精魂込めて拵えた花火だけあって、なにかしら人の心を打つ特別な力があったのだろうか。

いつものようにいちいち口上はしなかったのに、なぜだか皆、語られない言葉が聞こえているかのようだった。花火を拠りどころに、あふれる思いを分かち合い、噛みしめている。

そのくせ、花火は空に上がった途端、たちどころに消えてしまうのだ。

花火が消えると、辺りはふいに、しんとした闇に呑まれ、見る者の心に空白が訪れる。

時間が途切れ、空間が肥大する。

無の静寂があたりを包む。

するとまた、思い出したように新たな花火が上がる。

柳はまるで涙のよう。

長い長い、涙のしずくが空に流れていくかのよう。

人々の涙が乾く頃、また華やかな牡丹が空に上がりだした。ぽんと弾けて無邪気に開く鮮やかな色合いの花。可愛らしくもあり、楽しくもあった。眺めていると思わず笑みがこぼれもする。

村のあちこちで、きれいやのう、と花火を見る人の姿があった。

どこからでも、花火は見える。見るつもりのなかった者らも、あまりに長く音が聞こえてくるものだから、まだやっているのか、と仕事の手を休め、気まぐれに外へ出てきて、なんとはなしに空を仰ぎ見る。

すると可津倉流が丹精込めた花が空に咲いている。

きれいやのう、と思わず口にすれば、どこからか、ほんにきれいやのう、と通りすがりの人の嬉しげな声が返ってくる。

あの人も、この人も、花火を眺めているのだった。

いちど眺めてしまえば、次の花火を待たずにはいられないのだから、見る者の数は時とともに増えていく。

村全体が、静かに花火に魅了されていた。

美しいものをただ眺める時の、なんと穏やかで、気持ちの鎮まることだろう。

ほうっと長い息を吐く。

次第に心が安らいでいく。

邪《よこしま》なものが、いったんどこかへ消え失せ、淀《よど》んだ澱《おり》もいったんどこかへ流される。

そうしてただ喜んで眺めている。

丹賀宇多村は、人々の、そんなやわらいだ心持ちで満たされていった。

山も川も田圃も家も、ひとしなみ、寛いでいる。

いい夜だ、と静助は思った。

花火がこの夜を作ったのだ。

どこか遠くにある美しいものが丹賀宇多の夜を見つめていた。丹賀宇多の夜を包んでいた。

美しいものを無心に見つめていると、それはまた、美しいものに見つめられることでもあったのだ。

これでもう、じゅうぶんではないか、と静助は思う。

これ以上、求めるものはなにもない。いや、これこそが、長らく静助が追い求めてきたものではなかったか。

「いい花火でしたね」

琴音が言った。

「ああ、いい花火だった」

と静助は答えた。

あの花火は誰のものでもない。

誰も手が出せないし、奪えない。所有出来ない。

それを拵えた者にも、打ち上げた者にも、静助にも。

誰の手にも届かぬうちにそれは消える。ただちに消える。

その清々しさよ。その儚さよ。

「いい花火だった」

もう一度静助は小さく呟《つぶや》いた。

頭上に星空が広がっていた。

十五

それから後も、静助は花火を上げつづけた。

彼は生涯でどれほどの花火を上げたことだろう。気が向くと、可津倉流の面々を引き連れて丹賀宇多川に出張っていき、まとまった数の花火を打ち上げる。

あんまりたびたび上がるものだから、丹賀宇多村に住む者は、知らぬ間にずいぶんと花火に目が肥えてしまい、東京に行って隅田川の花火を見物する機会を得たとしても、思ったより感激はしなかったという。

「こんな花火なら、丹賀宇多でいくらでも見られるわい」

「静助さんの花火は鍵屋並みだ。いや、それ以上だ」

李さんが生きていたら、どれほど驚いたことだろう。丹賀宇多の花火が鍵屋と並び称される日が来ようなどとは、思ってもみなかったにちがいない。まさしく江戸の頃から遠く離れて、といったところだ。

とはいうものの、丹賀宇多の花火は、大勢の見物人が押し掛ける隅田川の花火とちがい、あくまでも丹賀宇多の者だけが楽しめる、ひそやかなものであった。花火見物の客がよそから大挙してやって来るのは、丹賀宇多神社の奉納花火の時くらい。丹賀宇多川で上がる花火は、どんなに見たいと所望しても、たまたま居合わせない限り見られない。なにせ気まぐれに上がるものだから、交通網や通信網が未発達な時代には、駆けつけようにも駆けつけられなかったのだ。

丹賀宇多の人々は、丹賀宇多川で花火が上がりだすと、銘々好き勝手な場所で、のんびり見物した。

しょっちゅう見られるのだから、そうありがたがるわけでもない。やれ柳だ、やれ牡丹だ菊だ、と適当なことを言っては気軽に楽しみ、夏ならそこらにごろりと横になって見物し、そのままうたた寝したってかまいやしなかった。夏だけでなく、春だろうと秋だろうと、いや、冬にさえ花火は上がった。たいてい日没から、宵《よい》にかけて。

短い打ち上げの時もあれば、わりあい長く上がる日もあった。

両国のような賑々しさや派手派手しさはなかったけれども、その分、花火の面白さを存分に味わえたし、親しみも湧いた。

あまりにも日常に溶け込んでしまっていたから、花火とはじつはそれなりに贅沢なものなのだという意識も薄らいでいく。

むろん、いくら見物したって花火は無料だった。

勝手に川で打ち上げているのだから、上げれば上げるだけ赤字になるし、他に支援者を募っていたわけでもないので、静助の負担は膨らむばかりである。

可津倉流の者は皆、揃いも揃って赤字に無頓着だった。

静助に甘やかされ、長年のうちに、そういう体質になってしまっていたのだろう。頭領の藤太からして、煎じ詰めれば、ひたすら花火を打ち上げたいばかりの、言ってみれば打ち上げ莫迦の男だったから、銭勘定には疎い。打ち上げ筒に火種を落としてひょいと飛び退《の》き、即座に上がる花火玉を仰ぎ見てさえいれば機嫌がよかった。

そんな連中ばかりが集まっているのだから、静助が一声かければ、即座に花火は上がる。

そういう意味でも、じつに贅沢な日々であった。

欣市亡き後、可津倉家を継いだ静助は、周囲のすすめもあって、きわを嫁に貰った。

きわもいい年になっていたし、きわ自身、それを望んだのだった。可津倉流の敷地で顔を合わせているうちに、互いにどことなく惹かれ合っていたようだから、花火が結んだ縁、と言えなくもない。

翌年、最初の子がうまれた。

かやの。女の子である。

そのまた翌年、男児がうまれた。

ゆくゆくは可津倉家の跡継ぎとなる待望の男児ゆえ、庄左衛門の庄の字をとって庄一《しょういち》と名付けられた。

その後、粂が亡くなる。

ぐずぐずと長患いしていた粂だったので、このままぐずぐずと長生きするのではないかと思われていたが、さすがに寿命には逆らえなかった。

粂さんはいい時に亡くなられた、とよく言われたそうだ。

それはそうだろう。

亡くなる前、粂の眼前には、まだかろうじて、昔ながらの可津倉家があった。そのうえ、可津倉家を継いだのは実子の静助だった。嫁をもらって身を固め、次代を継ぐ男児もうまれた。粂にしてみたら、これ以上喜ばしい日々はなかったはずだ。

粂はなにも知らずに逝ったのだった。

可津倉家の田畑や土地がその頃すでにずいぶん売られていたことも知らなかったし、売られ続けた果てに、やがて、その大半を失う日が来ることも知らなかった。家屋とすこしばかりの田畑を残すばかりの、凡庸《ぼんよう》な家に成り下がっていくのはもう、時間の問題だった。

いったい、静助に、可津倉家の長《おさ》としての自覚がどこまであったものやら。お金に困ったら田を一枚売る。あるいは、小作人に払い下げる。静助は淡々とそれを繰り返していた。そんなことを繰り返していたら、遠からず、すべて失ってしまうとわかりきっていただろうに、静助の態度は改まらない。静助本人はともかく、家の者たちに、その辺りの事情はよく呑み込めなかった。売り買いの噂を耳にしても、詳細は明かされない。可津倉家の暮らし向きに変化がないため、深刻に捉えない。遠くの田畑がちょっとやそっと減じたところで、影響がないほどの余剰財産を有する大地主だったことが裏目に出たともいえる。

女子供ばかりの家だから、静助に頼り切っていたのだろう。

静助に期待されていた役目は、ただひとつ。可津倉家の財産を守ること。殖やせずとも、守れればそれでよかった。

それほど難しいことではない。

能力だって十分にあった。

周囲もそれは認めていた。

けれども静助には、欠けているものがあった。守り抜こうという意志。決意。もっと言えば、執着。なので至極あっさり財産を手放してしまう。

もしかしたら、静助は、心の奥底で失うことを良しとしていたのではないだろうか。

花火となってすべて消えていくことをどこかで望んでいたのではないだろうか。

花火諸共《もろとも》、散りゆくことを潔し、と感じていたのではなかったか。

そうでなければ、ああも気前よく、花火に財産をつぎ込めないような気がするのだが、それは考えすぎだろうか。

その後も、きわは次々、子をうんだ。

ちず、友次郎《ともじろう》、明正《あきまさ》、みや。

可津倉家は三男三女、六人の子に恵まれた。

琴音とたゑも一緒に暮らしていたのだが、たゑは、尋常科を出るとすぐに、東京の了吉夫妻のもとへ預けられた。上の学校へ行かせるためである。これは経済的な理由からではなく、丹賀宇多にいては高等教育を受けられないという地理的な理由からだった。了吉のところにも三人の子があったし、半ば政商のような形で実業家として成功していたから裕福で、たゑが一人増えたところでなんの苦もない。なんなら琴音もいっしょにこちらで暮らしたらどうか、という誘いもあったようだ。なによりたゑがそれを望んでいたし、了吉や萩は、たゑが東京へ出てきた後、可津倉家に一人残される琴音の立場を慮ったのだった。

琴音はしかし、丹賀宇多を動かなかった。

迷った末、残る道を選んだ。というか、丹賀宇多を離れたくとも離れられなかったのだ。

長い年月のうちに、琴音の肩には多くの仕事がのしかかっていて、まだそれら一切をきわに任せることはできなかった。次々うまれる子の世話で、きわは手一杯。子らは琴音によくなついていたし、きわも琴音をあてにしている。

琴音は忙しく立ち働き、家内の切り盛りをした。

赤子の泣き声や、幼い子らの笑い声や走り回る音で、家の中は始終賑やか。

琴音は赤子や幼子の世話が好きだったから、忙しくとも楽しい。一日があっという間に過ぎていく。

そのせいもあって、たゑが東京へ行ってしまった後の寂しさを、さほど感じずにすんだようだ。

と同時に、可津倉家の没落が近づいていることも、琴音はたいして感じてはいなかった。

いや、感じてはいても目を瞑《つぶ》っていたのだろうか。

それとも、もう、とうにその覚悟を決めていたのか。

あるいは決してそんなことにはならないと、高を括っていたのかもしれない。それは静助を信じていたからか。

琴音が静助に意見することはいっさいなかったそうだ。

静助も別段思い悩んでいるふうでもない。

平穏のうちに日々が流れていった。


可津倉家が、家や、最後の砦《とりで》である幾ばくかの田畑を、すんでのところで手放さずにすんだのは、可津倉流が規模を大幅に縮小したからだった。この決断がなければ、可津倉家は最後には丹賀宇多を出ていかざるをえなくなっていただろう。それどころか、もしかしたら家の存続だって危うかったかもしれない。少なくとも、子孫に伝えられる話の趣はずいぶんちがったものになっていたはずだ。

まったく、よく踏みとどまれたものだと思う。

転がり落ちる坂の途中で、さて、なにがあったのか。

このあたりの事の次第は、錯綜《さくそう》した話の断片ばかりが適当に（妙に事細かい断片もあれば、雑だったり省かれたりしているところもある）伝わっているので、少々わかりにくい。

わかりにくいが、整理していくとなんとなくわかってくる。

縮小へと大きく舵を切ったのは、ようするに、静助の考えからではなく、元を辿れば、にしの考えであった。

藤太の嫁として、可津倉流を裏で支えていたにしは、その懐具合がよくわかっていた。そういう立場にいるせいで、静助の懐具合にもなんとなく、目が行ってしまう。にしはそもそも、世話焼きで、おせっかいで、おしゃべりだった。静助から米や金銭をただ受け取るだけでなく、受け取ったからには出処を詮索せずにはいられない。面白いことに、にしに訊かれると、静助も悪びれず正直に答えてしまう。にしが聞き上手だったのか、会話の相性がよかったのか、家の者にはなにも言わないくせに、にしには言う。

そのたびに、にしは驚いた。え、静助さん、あなた、また、土地をお売りなさったのですか。え、あそこの田圃も手放されたんですか。

静助は戸惑う様子もなく、ああ、そうだよ、と笑っている。

呑気に笑っている場合だろうかとにしは呆れるが、それでも初めは、なんとまあ気前の良いお方だろうと思っていただけだった。

別段悩んでいるふうもなく、恩に着せるでもなく、ぽんと差しだす景気の良さは、感謝を通り越して、うらやましいかぎりだ。道楽者というのは湯水のように金を遣ってしまうというけれど、静助を見ているとほんとうにその通りで、こういう奇特な人がいてくれるから可津倉流はやっていけるとにしは思う。

いったいこの人はどれほどの財をお持ちなんだろう。

きわを可津倉家に嫁がせたことをあらためてにしは嬉しく思う。大地主だと知ってはいたが、これほどとは思わなかった。きっときわは一生、安泰だろう。

けれども次第に、にしは空恐ろしくなってきたのだった。

いくら裕福な家だからといって、なにかおかしい。次から次へと、これはさすがにやりすぎではなかろうか。打ち出の小槌《こづち》を持っているわけでもあるまいに、ひょっとして、この人は加減というものを知らないのか。

青くなって意見しても、静助は、平然と聞き流す。

その手応えのなさもまた、にしを怯えさせた。

もしや、この人は、少しばかりおつむが足りないのではないだろうか。花火に夢中になっているうちに、だんだん足りなくなってしまったのではないか。

このままでは、可津倉家は無一文になる、とにしは気づいた。

静助さんはきっと、きれいさっぱり家の財産を遣い果たしてしまうにちがいない。

思い余って、にしは藤太に相談した。

手放した田圃や土地を数えてみれば、もはや、捨て置けない段階に来ている。

藤太は、はじめ、にしからそう聞かされても、まともに取り合わなかったそうだ。

それならそれでいいじゃないか、とぶつぶつ文句を言っている。なあに、儂らはどこまでだって、静助さんについていくだけだ。そういうことに決まっているんだ。

万一、無一文になったってかまやしねえ。なったらなったで、後のことなんざ、どうにでもなる。心配するな。儂らにゃ、花火があるじゃねえか。細々とでも拵えて、そこらへ売りにいったらいいんだよ。大丈夫。いざとなったら皆、そうやっておのおの工夫して、どうにかやっていくものさ。

それはたしかにそうだろうが、それではきわがどうなる、とにしは迫った。きわの子はどうなる。わたしら、あの子を見捨てるのか。あんたらはあんたらでどうにかしろとあんた、そんな薄情なことがあの子に言えるのか。静助さんは、あんなの、無一文になってしまったら、なんの頼りになるものか。なんにも出来やしないじゃないか。米を作ろうったって田圃をなくしちまっちゃ、おしまいだ。けれども田圃さえ残っていればどうにかなる。すべてをなくしてしまう前に、静助さんをなんとかしなくちゃならない。

にしにも子がいる。可津倉流の所帯持ちにも子がいる者はある。そんな子らを飢え死にさせるわけにはいかない。皆で静助に寄りかかったまま、いっしょに倒れたら、そうなる可能性だって十分にあった。

にしは藤太に詰め寄った。

わたしら、静助さんに助けてもらってここまでやってこられたけれども、もう、ここらで静助さんの助けを借りず、わたしらはわたしらでなんとかやっていかれるようにいたしましょう。

そのためなら、静助さんだってわかってくれるはずです。

にしの言い分も一理ある、と藤太は漸う理解した。

たしかにここ数年、可津倉流は静助の厚意に甘えすぎていた。それは藤太も気づいていた。たまに、これでいいのだろうか、と疑問に思うことはあっても、ずっとこうしてやってきたのだから、まあいいのだろうと、立ち止まらず、易きに流れてしまう。打ち上げ筒に火種を落とし、空を見上げる面白さと秤《はかり》にかければ、すべてがどうでもよくなってしまう。無茶な数だとわかっていながら、静助が上げたいと言えば、いくらでも打ち上げてしまう。言われるままに花火を上げてしまっていたが、たしかに、少々調子に乗りすぎたかもしれない。あんまり楽しいものだから、つい。

長い目で見れば、にしの言うとおりだと藤太にもわかる。ここらで思い切って、可津倉流を身の丈にあった大きさにしなくちゃなるまい。

人が減れば、静助さんだって、そうしょっちゅう花火を上げようとは言わないはずだ。静助が上げようと言わなければ、藤太だってむやみに上げはしない。荒療治だが、そうやって根本から在り方を変えてしまわねば、先が危うい。

藤太は、静助に黙って可津倉流の縮小を断行した。

静助を説得するのは難しいから後回しにしたのだった。まずは行動してしまうのが手っ取り早い。

頭領が決めれば、下の者は従わざるを得ない。事情は皆、それとなく察していたので、ぐずぐず言う者はそういなかった。職人は己の腕次第で、いくらでも働き口を探せる。彼らは見る間にちりぢりになっていった。可津倉流の名はまずまず世間に知られていたし、このところ、花火屋は上り調子の職種でもあったから、職探しには難儀せずにすむ。勢いを見込んで東京へ出ていく者もあれば、故郷へ戻る者もあった。伝手を頼って見知らぬ土地の花火屋へ雇われていく者もあった。たいていの者はどこかしらの花火屋に潜り込んだが、果敢に自ら花火屋を興す者もあったようだ。また、すっぱり足を洗う者もいた。

この過程で、それと知れ、静助と藤太はずいぶん揉めたらしい。相談もなく勝手に縮小を断行した藤太に静助はいたく立腹していたし、藤太は藤太で、可津倉流を守るためだと言い張り折れなかった。儂らの力だけで可津倉流を続けられる道を考えたらこれしかなかったんだ、わかってくれや、静助さん。

静助がどれほどむくれたところですでに可津倉流を去っていった者がいるのだし、段取りをつけ、今まさに去ろうとする者が幾人もいるのだから、今更、引き返せはしない。静助だってそれくらいわかっている。それでも手塩にかけた可津倉流が侘《わ》びしくなっていくのを見るのは忍びなかった。

「だけれども、静助さん。もう気儘《きまま》に売れる田圃もそれほど残っていないのだろう」

藤太に表立ってそう訊かれ、静助は不承不承頷く。

「それならここらが潮時だとわかるだろう」

「潮時、か」

「そうだ」

うむ、と静助は一声唸って黙り込む。

「この土地も、可津倉家に返すべきかと思っていたところだ。返して幾ばくかでも賃料を払っていくべきかな」

人が減り、いくらか寂《さび》れた気配の作業小屋を前に、藤太が言う。大人数の食い扶《ぶ》持《ち》のために借りていた田や住まいはすでに可津倉家へ返す手筈《てはず》を整えていた。

「莫迦莫迦しい」

静助は一笑に付す。

「そこまで困っておらんよ」

「それはそうだろうが、けじめをつけるべき時ではなかろうか」

「何を言う。この土地はべつだ。ここはとうに可津倉流に譲渡したではないか。手続きもきちんとすませただろう」

静助が、この土地を藤太に譲渡したのは、杢さんが亡くなってしばらくした頃だった。ここは、やはり可津倉の持ち物ではなく、杢さんのものだ、と長年思い続けていた静助が、杢さんへの弔いのつもりで正式に譲ったのだった。むろん、そこには、杢さん亡き後、可津倉流がしっかりこの土地に根を張り発展してほしいという願いも込められていた。

「だがしかし」

「いらん、いらん」

静助は勢いよく手を振った。

藤太は溜息をつく。良かれと思って提案したのに、静助は途端に不機嫌になってしまった。

静助と話をしているとなにがなんだか、時折わからなくなって、藤太は尻込みする。

「返さなくていいのか」

「いいに決まっている」

「では今後もありがたく使わせてもらおう。しかしそれにしても、よくもまあ、大胆に売っちまったものではないか。いくら土地持ちの可津倉家の長とはいえ、まったく呆れたものだ。いや、さすが静助さん、と褒めるべきか」

「茶化すな」

「茶化してはおらんよ。つまるところ、可津倉流が遣ってしまったんだな。可津倉流をまかされ、率いてきた者として、ここは真面目に詫びねばならん」

藤太が頭を下げようとすると、静助がそれを制した。

「儂が遣ったんだ」

「いや、儂らだって」

「儂だ」

有無を言わせぬ静助の強い口調に、藤太はひるみ、無言になる。

とはいえ、静助だけが遣ったとはどうしても藤太は認められない。静助の背に乗っかり、ともに楽しく花火を打ち上げたのは事実なのである。

「儂ら、ちと派手にやりすぎたか」

「そんなことはない。村の者は皆、喜んでいたではないか」

二人の脳裏に花火が浮かぶ。

すぐそばの干し場に目をやれば、拵えている途中の花火の玉が並んでいる。ああやって拵えてはつぎつぎ上げていったのだ。

藤太が笑う。

「そりゃあ、皆は楽しむに決まっている。あんなみごとな花火がただで拝めるんだ。楽しまずにおられようか。こんないい村、他にはあるまいて」

「ならば、それでいいではないか」

静助に後悔はない。

無尽蔵に湧き出る泉ならいざ知らず、可津倉家の土地にはかぎりがあるのだから仕方がないと静助だって理解している。いずれどこかで終わりになるとわかってはいたが、どこで終わりにすればいいのか、わからなかっただけなのだ。だから静助は、こういう形で、ここでしまいになったか、とただぼんやり思っているに過ぎない。

「そうがっかりするな、静助さん」

と藤太が声をかけた。「可津倉流はまだなくなったわけではない」

「誰が残った」

「儂と染造と千次だ。古株ばかりだが、なに、三人いればじゅうぶんだ。じめじめ考えることはない。見ろ、あそこにも花火がある。ああやって、これから先も拵えていく。売りにだって行く。そうやって、こぢんまりとやっていくさ。ようするに、昔に戻ったというだけじゃないか。たまのことなら丹賀宇多川で上げることだって出来るだろうよ。いや、きっと上げてみせよう」

「そうだな」

「まずは、八重の菊に磨きをかけよう。まだまだ面白い花火をいくらでも拵えられるし、打ち上げられる。だから、静助さん、辛気《しんき》くさい顔をするのはよせ」

可津倉流は、藤太の言葉通り、この後も、こぢんまりと続けられた。

可津倉家も、すっかり地味になった。

というか、とうに地味になっていたのだが、可津倉流の縮小にともない、それがあからさまになってしまったのだった。

そうなると、人の目は厳しくなる。

当座に必要な小金をちょっとばかり用立ててもらったり、掛け売りで花火関連の品を静助名義で買ったりしていたものを、いきなり返済せよと迫られる。約束が違うと突っぱねたらいいのに、返せといわれたら、あっさり返す静助である。すぐさま一気に返す。まとまってみるとそれなりの金額になっていたのか、この機に乗じて、だまされたりもしたのか、返済する過程で、またしても土地を売らねばならなかったようだ。

土地を失えば、土地から受ける益もない。益が益をうむこともない。

残った田畑の世話をし、米や野菜を作り、庄左衛門の頃からつづく小商いで少しばかりの現金を得、どうにかこうにか食べていける程度の一介の家に、ついに成り下がってしまったのだった。

丹賀宇多村の名誉職のようなものともいっさい縁がなくなり、静助の仕事も、ほとんどが野良仕事になった。小作人はおろか、下働きをする者もいなくなったので、琴音もきわも、手が空《す》けば、田畑に出なければならない。大きくなった子から順々に、それを手伝う。そんなことは何ひとつせず吞気に育った静助の子供時代とは大違いだ。

慣れぬ野良仕事ながら、静助は腐らなかった。

慣れぬからこそ、日々、精を出した。

人一倍苦労もしたはずだが、不平も不満もなにもないような涼しい顔で、土を耕し、種を蒔いた。まるで何十年も前から同じことをしてきたかのように、せっせと作物を収穫した。

失ってかえって楽になったところもあったのだろう。

静助の身体は年を追うごとに、逞しくなっていったそうだ。

黒く日焼けし、腕っぷしの強くなった静助と久しぶりに会って、了吉はたまげた。

逆に静助は、昔の泥臭さから一変し、洒落た洋装姿で紳士然と現れた了吉にたまげ、お互い、お前いったいどうしたんだ、と笑い合ったという。

丹賀宇多神社の奉納花火は、可津倉家の凋落《ちょうらく》後もつづけられた。

存続が危ういと知れた年にも、すぐに追加の寄進が募られ、例年通り、無事花火は上げられた。静助が出してくれるからと、村人の寄進の額はいつのまにやらめっきり減っていたのだが、静助が出せないとわかれば、寄進はそれなりに集まるものなのであった。翌年以降もそのような形でとりあえず存続していった。

静助、というか可津倉家も寄進はしたのだが、その額は、世話役によってあらかじめ決められていて、それ以上は受け付けてもらえなかったそうだ。それくらいしないと、静助の花火道楽にまた火がつきそうで誰もが怖ろしく思い、心配し、形ばかりの寄進しか受け付けないようにしてしまったのだろう。

「あの家はすでに百年分くらい寄進しているんだから、もう集めんでいい」

というのが村人共通の思いだった。

世話役が村内に追加の寄進をひそかに集めて回らねばならぬ時でも、

「いいか、静助さんには言ってはならんぞ」

といちいち念を押すのが常だった。

「静助さんに無理をさせてはいけない」

「あの家はもう、昔のような裕福な家ではない」

あちこちでそう囁《ささや》かれていた。

可津倉流の藤太にも、静助さんに詳細を知らせずに奉納花火の準備をすすめてくれ、ときつく言い含められていて、静助が訊ねても藤太は決して口を割らなかった。

静助もどうやら奉納用の花火を拵えているようだと察してもあえて訊ねはしなかった。丹賀宇多のような小さな村に生きる者にとって、そのあたりを阿吽の呼吸でやれないと暮らしていけない。お互い、奉納花火に関しては知らぬ存ぜぬを貫くしかなかったのだった。

なんだか村八分にも近い扱いのようでもあるが、決してそんなことはない。

むしろ、逆である。

「奉納花火が寂しくなると、静助さんが可哀想だから、多めに寄進しよう」

という声さえあったというから、おかしい。

神様への奉納なのに、すっかり意図がすり替わり、静助のための寄進になってしまっている。

「花火がたくさん上がらないと静助さんが可哀想だ、ってあの時はみんな心からそう思っていたんですよ」

と後年、琴音は語った。

「だからこそ、たくさんお金が集まって、丹賀宇多の奉納花火は途絶えなかったんです。可津倉家がだめになっても、昔とおんなじように、賑やかな花火が見られたんです。静助さんも喜んで見てましたよ。あれは可津倉家に恩を返すとかこれまでの花火へのお礼とか、そういうものではなかったんです。あれはただ、皆が皆、静助さんのために花火を上げたかっただけなんです。ようするに、静助さんといっしょに花火が見たかったんですよ」

村人の寄進だけで奉納花火をやりくりするようになって、静助がどれほど多く負担していたのかも実感できたのだろう。

「いやはや、花火とはこんなにお金がかかるものだったのか」

「静助さんは、それをああもぽんぽん丹賀宇多川で上げていたのか」

「どうにもこうにもありゃ無茶なお人だよ」

「そりゃ、没落もするだろうよ」

嘆息とともに、そんな言葉を交わしつつ、静助が上げた数々の花火を思い浮かべる。静助の話をすれば、必ずや、人々の脳裏に花火の記憶が濃く蘇《よみがえ》ってくるのだった。

可津倉家の没落を嘆く者はあっても嗤う者はなかったそうだ。

裕福な家が没落していくと、そらみたことか、ざまあみろ、と悪口や陰口を叩かれることがままあるが、可津倉家の場合はそういうものとは無縁でいられた。

静助の上げた花火をともに眺めていたから、どことなく、没落への責任の一端を感じてしまったのかもしれない。いや、ひょっとしたら、いくらか共犯めいた気持ちにもなっていたのだろうか。

そんなわけで、道楽で一財産失ったものの、可津倉家は村の誰からも蔑まれることはなく、それどころか、困った時には手を差し延べてくれる人が必ず現れ、日常的にも、手助けしてくれる者が後を絶たなかったらしい。

「あれは花火のお陰だったのでしょうか」

きわと琴音はよくそう話し合っていたという。

十六

さて、静助だが、彼は、明治が終わってしばらくして、五十代半ばで亡くなった。田植えの折りに鍬《くわ》の刃先が足にあたって怪我をし、そこからなにか悪い菌が入ったのか傷口あたりから腫れあがり、高熱が何日も続いた後、あっけなく命を落としてしまったのだそうだ。

静助らしいといえば静助らしい、思いがけない最期だった。

時代が違えば完治した程度の怪我だったのかもしれないが、大した傷ではないと甘く見たのがいけなかった。向陽先生直伝の薬を塗って様子を見ているうちに、病状が一気に悪化し、命まで持って行かれてしまったのである。

藤太は人目も憚《はばか》らず泣きじゃくり、なんでもっと注意していなかったんだ、と天を仰いだ。

静助さんって人は、昔っから、ひょいとした時に粗忽《そこつ》なんだ。うっかり者なんだよ。若い時分から杢さんにもよく注意されてたのに、なんで今更こんなことになっちまったんだ。火薬をいじっていたわけでもあるまいに、土しかない田圃で怪我して死ぬなんて、まったくとんだ間抜け野郎だよ。

そうして藤太は、取って返すと、丹賀宇多川へ行って、静助のためにいくつもいくつも弔いの花火を打ち上げたのだそうだ。

藤太ももうかなりの老人（還暦すぎればまちがいなく老人と言われた頃である）になっていたのだが、足腰はしゃんとして、打ち上げ筒に火種を落として飛び退く動作はまだまだ若い頃に引けを取らなかった。

可津倉流はこの頃すでに藤太の息子の高《たかし》を中心に続けられていたのだけれども、作り置きの花火を蔵からすべて持ち出し、打ち上げてしまうことに、藤太の躊躇いはなかった。注文を受けて拵えた花火だが、高も、叔父（高の母、にしときわが姉妹なので、彼にとって静助は叔父にあたる）のためならと文句を言わず差しだし、すすんで打ち上げを手伝ったという。

静助を送るためにはそうせねばならぬと誰もが信じ切っていたのだろう。

花火が上がると知らされていたわけでもなかったのに、琴音もきわも、静助の子らも、きっと藤太がそうするだろうと、日が暮れるか暮れぬうちから、丹賀宇多川の花火を見るために表へ出る。村の人々も、静助が亡くなったと聞いた時から、ずっと空を気にしていて、すわ花火だ、花火が上がった、となったら、途端にわらわらと、まるで吸い寄せられるかのように丹賀宇多川近辺に集まってきた。

ぽん、ぽん、ぽん、とゆっくりゆっくり、間をおいて、ひとつ、またひとつと紺色の空に花火が上がっていく。

ほうら、やっぱり花火だ。

そうだろう。花火だろう。今宵は花火に決まっている。

そうだよな、静助さん。

皆、そんなふうに思い、そのくせ、どこかしら、ぽかんと腑抜けのような顔で丹賀宇多の空を眺めていた。

花火が上がれば、必ずや、それを眺めていた静助がいない。

花火が上がっているのに静助がいないとはどういうことだろうと、なにやら不思議な心地になってくる。足元がおぼつかなくなり、へんな具合に気が滅入る。それでいて目だけは熱心に花火を追ってしまう。

静助はどこにいるのだろう。

そんな気持ちが高じてか、静助さんはあそこにいるのだろう、と誰かが言う。

あそこというのは空。それから花火。

そうか、あれか。

あれが静助さんか。

静助の魂が、硬く冷たくなった身体から抜け出て、丸い花火の玉になって空に翔《か》け上って咲いたかのよう、と琴音は思ったそうだ。

きわにそう言うと、きわもその通りだと言った。

静助が亡くなった時、きわは本当に、透ける玉のようなものが静助の口から出てきたのを見たという。

わたしも見たわ、と末子のみやも言った。


静助は晩年、藤太のところで、いっしょに花火を拵えたりもしていたらしい。粗忽だから手を出すなと李さんに叱られて以降おとなしくしていた静助だったが、ついに我慢がきかなくなったのか、可津倉流の人数が少なくなったのをいいことに、素人には難しい星掛けや玉詰めなどを、勝手にやりだしてしまった。長年見てきたので、教えてもらわなくとも、やってみたらそこそこやれてしまったというのも静助にはうれしくてたまらなかったようだ。

野良仕事の合間に立ち寄り、短い時間、そんなふうに過ごすのが静助の良い息抜きになった。

藤太はいくぶん呆れ、困りもしたが、素人にしては腕もそう悪くなかったし、人手不足の繁忙期には、単純作業の玉貼りや、導火線をほぐす手伝いなどもして、多少なりとも役には立っていたから、短い時間ならばと大目に見ていたらしい。可津倉流の誰や彼やと、ああでもないこうでもないとひとしきり花火談義に花を咲かせ、藤太と二人、新しい花火を試作したりするのが静助のなによりの楽しみだった。新しい花火が出来ると、丹賀宇多川でたまに打ち上げたりもした。

「どうだ、静助さん。いっちょ、上げてみるか」

藤太がひと声掛ければ、静助は、待ってました、とばかりに応じる。荷車を引くのを手伝い、藤太と二人（いい年をした、老いた男が二人、だ）、丹賀宇多川へ嬉々として出掛けていく。

そうして、ほんの数発、小さな花火をささやかに打ち上げる。

静助は心《しん》から喜んでそれを眺めたのだった。

藤太が一人、大わらわで打ち上げをする向こうの岸から、少し離れた土手の斜面が静助のお気に入りの定席で、草の上におもむろに腰を下ろし、空を見る。

人々に知らせるほど大袈裟な花火ではないから、眺めているのは、いつだって静助だけだ。

音に気づいて、村人が空を見上げる頃には終わっている。

小さい尺玉ながら、白い花火や、小花が散る花火など、新たな挑戦も数々していて、なかなか美しい凝った花火が上がっていたらしい。

運良く眺めることのできた人が、こんなのを見た、あんなのを見た、と噂し、次の奉納花火にはこういうのが上がるんじゃないか、ああいうのが上がるんじゃないか、と予想して楽しむのもまたお約束だった。花火はすぐに消えてしまうので目撃した人の記憶も曖昧で、予想はなかなかに困難で、とはいえ、だからこそますます想像するのが面白くもあって、奉納花火の後は、当たっただの、はずれただの、長々話題になっていたそうだ。

この頃には、藤太と静助、二人は実の兄弟のように見られがちだった。

亡くなった欣市と藤太は姿形も、気質も性質もまったく異なっていたのだけれども、年齢がほぼ同じだったのと、にしときわが姉妹だったため、周囲の人々がなんとなく、そのように見てしまう。そうして、欣市を連想しては、欣市さんが生きておられたらさぞや、と惜しむ気持ちを口にする。日清日露とつづいた戦いから、ご一新後、村の初の戦没者である欣市を称《たた》える気持ちは、生前より大きくなっていた。

自らすんで義勇軍に参加した欣市を、なんと立派なお人であったか、といつしか崇《あが》める空気にさえなっていて、それはようするに、国策に影響されてのことだったのだが、欣市はそのような形で、ある意味、ついに丹賀宇多へ、望み通りの英雄的帰還を果たしたといえなくもなかった。

静助自身は、人からなんと思われようと、藤太に兄の面影を見ることはなく、むしろ杢さんの面影を見ていたようだ。

「背中を丸めて玉詰めをしているところなんか、見てごらんよ、まるで昔の杢さんそっくりじゃないか。近頃、顔の皺《しわ》の具合まで似てきたよ」

などと、冗談めかしてよく琴音に言っていたという。

「そんなことを言われると、とうに亡くなった杢さんのことが思い出されて、なんだか懐かしい気持ちがしたものでした」

煮染めたような、杢さんの印半纏《しるしばんてん》。焔硝蔵の周りをこっこっこ、こっこっこ、と歩き回っていた鶏。ほれ、向陽先生に持っていってやんな、と分けてくれた卵や干し魚、きのこに干し柿。

掘っ建て小屋のようだった杢さんの住まい。ちょろちょろと流れていた小川。

初めて見た花火。

はっとなって、空を見ていた静助。硬く固まって微動だにしない静助の脇腹を面白そうにつついていた了吉。

にやりと笑った得意気な杢さんの顔。

あれが静助の花火道楽の始まりだったのか。

琴音の語る思い出話は、そうして遠く、幼い頃にまで遡《さかのぼ》っていくのが常だった。

ちなみに、可津倉家で、欣市に最も似ていると言われていたのは、実子のたゑではなく、欣市にとって甥にあたる、静助の息子の明正で、これは了吉や萩、琴音も認めていて、面差しや仕草が欣市を髣髴《ほうふつ》とさせる、几帳面で賢いところも似ている、とよく皆で言い合っていたそうだ。

彼は、長じて設計技師となり、丹賀宇多を離れた。

あなたはきっと商売に向いていない、商売に手を出してはならないとあれだけいろいろな人に言われたら、さすがに何か他の仕事に就くより仕様がなかろう、それで設計でも勉強しようかという気になったのだ、と後年、明正は語っていたという。

それでは最後に、可津倉流と、丹賀宇多神社の奉納花火のその後を語って、この物語の幕を閉じることとしよう。

丹賀宇多村近辺で明治の一時期、一世を風靡《ふうび》した可津倉流という花火屋は今はもうない。

名前もないし、実体もない。

とうに消えてなくなってしまった。

丹賀宇多神社の秋祭りも、地域の祭りとしてつづいてはいるものの、奉納花火が上げられることはなく、往年の賑わいとは比べようもない地味な祭礼となっている。

あれほど盛んだった奉納花火がなぜ途絶えてしまったのか。

きっかけは、藤太が亡くなってすぐの頃に起きた、可津倉流の爆発事故だった。

摩擦感度の高い、低品質の薬品を使っていたせいか、それとも扱う人間に油断があったのか、昼日中に焔硝蔵で大きな爆発が起こり、隣の作業小屋まで吹っ飛んでしまったのである。経年劣化していたとはいえ、石造りの焔硝蔵がぼろぼろになって形をなくしたというのだから、爆発の勢いは相当大きかったのだろう。幸い死人《しびと》は出なかったし、近隣に住まう者のいない場所なので、被害は可津倉流のみに限られたが、高はひどい火傷《やけど》を負ったし、高の子らも幾人か、怪我をしたそうだ。爆発後の火事は、干し場も、住まいも、なにもかも焼き尽くし、残ったのは、表に立てかけてあった、可津倉流の看板くらいだったというから、かなり悲惨な事故であった。

道具からなにから一切合切失って、可津倉流は途方に暮れた。

静助が存命の頃ならいざ知らず、この頃の可津倉家に、救いの手を差し延べられるだけの財力はない。

その辺りの事情をよく承知している彼らは、あえて可津倉家に相談することもなく、にしの実家のある柴栖木《しばのき》村に向かい、酒蔵に身を寄せることにした。にしもすでに亡くなっていたが、にしの甥が酒蔵をみごとに立て直し、商いもうまくいっていたから、花火に拘らなければ蔵人として働き口はある。成功している酒蔵を頼って柴栖木に足場を移すのが賢明だった。

時、折しも晩夏。

まもなく秋祭りの時期である。

やむなくその年の奉納花火は中止となった。

この際中止も致し方あるまい、と協議のうえ、決まったことだった。

とくに紛糾した結果というわけではない。

その時は皆、それほど事態を深刻に思っていなかったのである。

なに、一年くらい休んだところで神様も怒るまい。そうだ、そうだ、来年なぞ、じきにやって来るわ。来年の花火を、楽しみに待とうぞよ。

ところが翌年になっても可津倉流は花火どころではなかったのだった。

高の火傷は思っていた以上にひどく、一向に再建の目処が立たない。

なにしろ無一文になってしまったのだから、一家総出で働いても食べていくだけで精一杯。とてもじゃないが花火どころではない。それなのに、丹賀宇多神社の奉納花火の世話役は、柴廼木村まで馳せ参じ、今年の花火は大丈夫なのか、上げられるのか、と始終、高やその子らをせっつく。無理だ、出来ないと言っても、ではいつなら出来るのかと問う。あと一年休めばいいのか、それとも二年か。ええい、はっきりせえ。世話役には世話役なりの苦労があったのだろうが、追いつめられた彼らは、ついに丹賀宇多の土地を売り払い、柴廼木に腰を落ち着けてしまったのだった。糊口《ここう》を凌《しの》ぐため、致し方なかった面もあろう。また、それとは別に、丹賀宇多の奉納花火とはいったん縁を切りたかったという気持ちも少なからずあったにちがいない。そうでもしないと、おちおち療養していられなかったのではないだろうか。

まさかの事態に、丹賀宇多村の人々は驚き、あわてた。

可津倉流の花火を失う日が来ようなどとは、誰も思っていない。

それでも、大騒動の末、よその土地の花火屋に頼んで、奉納花火は上げられることとなった。

そうして何年かは続けられた。

けれども、徐々に寄進が集まらなくなっていく。

可津倉流の花火ならば、寄進した金額以上の規模の派手な花火を商売っ気抜きで上げてもらえたが、縁もゆかりもない花火屋の花火にそれは望めない。なんだ今年の花火はこの程度か、せっかく寄進してもこれでは甲斐《かい》がないのう、そんな声が聞こえるようになる。

村の連中が揃いも揃って、花火に無駄に目が肥えているのも徒《あだ》になった。

丹賀宇多の者たちの目は欺けない。適当な花火を上げた途端、花火屋は貶《けな》される。いや、力を尽くして上げたところで、あそこがだめだ、ここがだめだ、と難癖をつけられる。労多くして功少なし。あそこの仕事は割に合わぬ。そんな噂を耳にして、丹賀宇多では上げたくない、という花火屋まで現れる始末だ。

悪い連鎖で、ぱっとしない花火がつづく。

寄進がますます集まらなくなり、もはや、以前の奉納花火とは似ても似つかぬ、つまらぬ花火でお茶を濁すようになってしまった。

そうこうするうち、これぞ花火という質の高い花火に飢えた丹賀宇多村の有志たちは、寄進する分、旅費に回して両国まで花火見物としゃれ込みだした。

静助の頃に一度は追いついたはずの隅田川の花火との差が、この頃にはまた、大きく開いていて、好き者共の欲望が刺激されたのである。

さすが鍵屋というべきか、隅田川では、毎年、次々と新しい花火がお披露目され、人々を熱狂させていた。足場を立てた大仕掛けの花火(日本名所日光華厳の滝だの、大東京全景だのと、手を代え品を代え、人々の度肝を抜く)は年々派手になり、川開きの呼び物として、新聞でも大きく報じられるようになる。それでまた見物客が増え、増えればまた、いっそう大掛かりになる。

そんな大仕掛けの花火は丹賀宇多にいたら決して見られない。

どうせなら、と東京まで見に行きたがるのも宜《むべ》なるかな。そんな酔狂な村人を育てたのが他ならぬ静助、と言えなくもない。

そのうえ東京は、静助存命の頃よりも、いっそう近く、いっそう気楽に行ける場所になっていた。

やがて昔通りの規模の丹賀宇多神社の奉納花火をなにがなんでも、と望む声は次第に萎《しぼ》んでいき、それを惜しむ者も少なくなり、形ばかり続いていた奉納花火も、とうとう昭和の戦時下に入って、姿を消した。時勢に合わなかったというのもあったが、自然の成り行きのようなところもあったのだろう。その後復活することは二度となかった。

とはいえ、時折、誰かが思いだしたように、静助の頃の花火を話題にすることはあったようだ。

「あの頃の丹賀宇多村は、祭りでもないのに花火が上がったもんだ」

「野良仕事を終えて、やれ、疲れた、もう動くのもいやだわい、と足腰をなだめながら田圃から戻ってくる道すがら、ぽうん、ぽうんと花火が上がる。あれを見ると気持ちがなごんで、疲れも吹っ飛んだよ」

「それがまた奇麗な花火でなあ。胸の奥にすーっと染みこんでくるようないい花火だった」

「子供らも喜んで、ぐずぐず泣く子を負ぶって花火を眺めていると、子が泣きやんでくれるから、親の気も晴れた。くさくさしてる時も花火でずいぶん気が鎮まった。せいせいした」

「そういえば、あの頃は、なんだか争い事も少なかったような気がするな」

「そりゃあそうさ、喧嘩の最中にうっかり花火を眺めちまっちゃあ、争いもうやむやになっちまう。おかしなもので、そういう時にかぎってまたすこーんと大きな花火が上がるんだ。あれを見ると、なにやら地面でちまちま揉めているのが面倒臭くなる。一事が万事、その調子さ」

当時の丹賀宇多村を知らない者が、なんだかまるでお伽話《とぎばなし》のような村ですね、と口を挟むと、年寄りたちが顔を見合わせ、一人の道楽者のお陰でな、と笑っていたという。

可津倉流の皆が移り住んだ柴廼木村では、高の子の一人が、いっとき食うに困って玩具《がんぐ》花火に特化した小さな花火屋を細々《ほそぼそ》とやっていたそうだが、そこも戦時下に立ち行かなくなり、店を畳んだ。これを最後に可津倉流の花火を伝える者はいなくなり、焼け残って柴廼木に運ばれた可津倉流の看板もおそらくその時処分されてしまったのだろう、以後、実物を見た者は誰もいない。

ひょっとしたら、今もどこかで、可津倉流の流れを汲《く》む孫弟子だか、孫々弟子だかの職人が、花火を拵えている可能性がないわけではないが、公に可津倉流を名乗っている者はどこにもいないし、その噂も聞かない。仮にどこかにいたとしても、おそらく、その当人すら、可津倉流について何も知らないのではないだろうか。

可津倉流の花火作りの拠点であった里山の麓《ふもと》は、戦後、宅地として整備され、今では住宅がずらりと建ち並んでいる。

丹賀宇多川周辺もすっかり趣が変わり、川原も土手もコンクリートでしっかりと固められ、河川敷も消えてしまった。

藤太が打ち上げ筒を置いて花火を上げていたのがどのあたりかもわからないし、静助が空を眺めていた頃にはなかった頑丈な橋が丹賀宇多川に架かり、その上を車やトラックが日夜走り抜けていく。

遠い昔の焔硝蔵の記憶など、今や誰も憶えてはいまい。

空に消えた花火となれば、言わずもがな。


けれども齢百《よわい》を超えた大叔父は言うのである。

「なあに、わしが憶えているさ」

少し耳が遠くなったせいか、大叔父の声はやけに大きい。

「わしらはみんな憶えている。憶えているのさ」

東京生まれで、一度も見たことがないはずの焔硝蔵を大叔父は、憶えているときっぱり言う。

「だってそうだろう。わしらはみんな憶えている。おまえの親父に訊いてみたらいい。あいつもきっと憶えている。おまえの祖母さんはちゃんと憶えていたよ。おまえだって憶えているだろう。そうさ、おまえもきっと憶えている」

真面目な顔でそう言われ、わたしは思わず頷いてしまった。

大叔父はにやにや笑っている。からかわれているのだろうかと首を傾げたら、大叔父は言った。

「可津倉の田圃潰《つい》えて空に牡丹」

葬式や法事になると、よく聞いた言葉だ。

誰かがその言葉を言う時、その人は、どことなく嬉しげに、いや、それだけではなく、いくぶん誇らしげに見えた。すると誰かがこれ見よがしに盛大に嘆息するのだ。まったく、あの静助さんって人は、箍《たが》が外れた大莫迦者なんだから、ほんと、困った人だよ。

そうして皆、一様に、楽しげに笑う。

昔、よく見た光景だ。

誰かが言う。

あの人がいなかったらわたしら子孫も、もうちっと楽が出来たかもしれないのにねえ。

残念だったなあ、今頃、大富豪だったかもしれないのになあ。

すぐさま誰かがまぜっかえす。

だけど静助さんだもん。

花火だもん。

仕方ないよ、あの人、花火道楽だもん。

呆れた調子を含みながらも、決して彼を突き放せない。それどころか、次から次へ、我先にと静助さんの話を始めてしまう。あんなことを知っているか、こんなことを知っているか。あの時はこうだった、あの時はああだった。ちょっと待って、だってそれは。いやいや、ちがうちがう、その時静助さんは。そうそう、あの時、静助さんはね。そうなの、静助さんたらね。こうなってくるともう止まらない。なんだか皆、静助さんのことを、よく知っている人みたいに、やけに親しげに、時空を超えて語っていくのだ。まさに語り尽くす勢いで。

もしかしたら、可津倉家の人々にとって、花火に身をやつし、ひと財産ぱっと遣って散っていった静助さんこそが、いわば花火のような存在なのかもしれない。

世知辛《せちがら》い世の中の向こう側に、静助さんに誘われて、静助さん共々出掛けていく。

「空に牡丹か」

わたしがつぶやくと大叔父は、うん、と頷いた。

「大きな牡丹だ」

大叔父の目は窓の向こうの明るい空を見つめている。遠い彼方《かなた》の空を、もうよくは見えないはずの目が追っている。

わたしも空を見る。

のどかな春の日差しが、芽吹いたばかりの柔らかい若草色の木々の葉を輝かせている。

車椅子の大叔父の後ろに立って、空を凝視する。

明るい空が、みるみるうちに宵闇《よいやみ》へと姿を変える。

花火が映える深い深い、濃紺の空だ。

大叔父は車椅子から身を乗り出すようにして、黙って、じっとそれを見つめている。

ゆるやかな風が木々を揺らしている。

言われてみれば、たしかにわたしもそれを憶えている。

焰硝蔵を。

静助さんを。

静助さんの花火を。

「いい花火だったなあ」

大叔父が遠い目をしてそう言った。

わたしも言う。

「いい花火だったねえ」


可津倉静助。

名にし負う道楽者のご先祖様。

愚かな人にはちがいないが、その愚かさが、わたしは、とても、愛《いと》おしい。

解説

内田俊明

この世の虚しさを美しさに変えて、花火は空に消えていく。人は衰え、消えていっても、花火は残る。

打ち上げ花火を何十発も無許可で上げた男が書類送検、というニュースが今年あったが、違法行為はよくないとしても、それほどの魅力が花火にあることには同感する。光と音の迫力、色や形の美しさ、夜空に大きく広がるスケール感などはもちろんだが、花火の最大の魅力は、大勢の人が空間を共有しつつ一度に楽しめるところであろう。特に大規模な花火大会ともなると、数十万人から百万人以上の人出がある。これほどの規模で、人びとが同じ時間に、同じ場所で同じものを見るイベントは、他にはないのではないか。

そういったにぎやかさがある一方で、花火はしばしば「無常」のイメージでも語られる。華やかであればあるほど、消えたあとの寂しさは際だつ。最近では米津玄師の曲が有名だが、花火の無常はしばしば文芸や楽曲のモチーフにもなってきた。大きな幸せも、それゆえの寂しさもあわせもつ花火は、楽しみと苦しみをあわせもつ人生そのものだ。『空に牡丹』は、そんな花火と人生を描いている。

明治時代に、丹賀宇多という小さな村で、大地主の家に生まれた、可津倉静助という男と、その周囲の人びとの物語である。

いちおう時代小説ということになるのだろうが、大島真寿美の作品にとって、そういうジャンル分けはあまり意味がない。歴史・時代ものが苦手で敬遠しておられる方も、少し目を通していただければ、一般的な時代小説との読みごこちの違いに、すぐ気づかれることだろう。

たとえば、静助の子孫が、彼について語っている、作品冒頭の部分。

我が一族の者は、なぜだか皆、親類縁者の顔を見ると、静助さんの話をしたくなるようなのだった。そのせいか、静助さんの話は盛りだくさんに伝わっている。明治になる少し前に生まれた人なので、彼を直接知っている人はいないはずなのに、この近しさはどうだろう。

偉人でも賢人でもない。

凡人だ。

見ようによっては凡人以下だ。

それなのに、静助さんの話だけ、妙に鮮明に伝わっているのだからおかしな話だ。

（本文6ページ）


ここを読むだけで、子孫が静助に対して感じている「近しさ」が、大島真寿美のやわらかい文体により、そのまま読む側にとって、作品に対する近しさとなって感じられる。

ついこの間まで生きていた親戚のように語られる静助。彼は「凡人以下」とまで言われながら、なぜここまで子孫に愛されているのか。

静助は人生のかなりの部分を、花火道楽に費やした。花火に入れあげ、花火職人を支援し続け、ついには、可津倉流という花火の一流派ができあがるまでになる。

だが、打ち上げ花火にはお金がかかる。仕掛けに凝れば凝るほどなおさらだ。裕福な大地主の家に生まれたとはいえ、花火に情熱を傾け続ければ、いったいどうなるか。

静助が「見ようによっては凡人以下」と言われるのは、そういうところだ。

それでも、欠点というのは、しばしばその人の魅力と表裏一体でもあったりする。

花火という、誰もが楽しめ、幸せになれるものに魅せられたというのが、静助の愛すべきところだ。静助の幸せが、みんなの幸せになる。静助が花火に入れこめば入れこむほど、丹賀宇多の人びとも花火に魅せられていく。

「浮世ばなれ」に見えてしまうかもしれない。それでも静助は、人として正しい。なぜそう言い切れるか、もう一ヵ所、作品から引用してみる。

可津倉家の人びとは、地主の仕事にとどまらず、新しい時代の流れに乗った新事業を興して、成功していく。商売に熱中し、舶来の品物を愛用するようになる家族や友人を、静助は一歩引いた立場で見ている。

川縁で何度も眺めた、ぽんと弾けた花火を思い浮かべながら、静助は、皆少しどうかしてるんじゃないか、と思いだしてもいた。

粂も欣市も。

庄左衛門も。

了吉も。

いったい皆、なにに心を奪われているのだろう。

どこへ向かっているのだろう。

静助にはそれがわからない。

ただ新しい時代の流れに従って、彼らはしずかに流れているだけなのだろうか。行き先もわからぬままに。それとも、皆にはわかっているのだろうか、その流れの向かうところが。

花火を上げたいなあ、と静助は思う。丹賀宇多川の、川っ縁で、花火を一つ、二つ、上げてみたいなあ。

（中略）

己が心を奪われているものが得体の知れないなにかではなく、あのうつくしい花火だということに静助はどこかしら安堵していた。（本文99ページ）

「普通の」感覚で見ると、社会人として「まとも」なのは、東京で洋物店の経営を成功させる、静助以外の家族や友人なのかもしれない。花火を打ち上げたいなら、家計に影響しない範囲ですればよいのではないか。

だがそれでは駄目なのだ。なぜならそれは花火だから。勤勉を嫌い、無為を是とするわけではない。新政府の方向は間違っている、江戸期の方がよかった、ということでもない。花火の美しさという、いつの世にも変わらないものを信奉する静助だから、これは彼にとって、美しいもの、きれいなものに勝るものはないという、自然な感情の発露だ。

花火で周囲の人びとを幸せにした。いっぽうで迷惑もかけた。それでも、美を至上のものとする自らの感情に従って生きるから、静助は人として魅力的なのであり、「近しさ」を感じる存在なのだ。

幸せと寂しさをあわせもつのが花火。楽しみと苦しみをあわせもつのが人生。人生における幸せと寂しさを、大きなやさしさで描き続けてきた大島真寿美にとって、花火に魅せられた人びとというのは、ぴったりの題材だ。

近松半二という、江戸期の浄瑠璃作家を主人公とした最新作『渦 妹背山婦女庭訓 魂結び』（文藝春秋）では、世間の評判を得るよろこびと、創作することの苦しみのはざまを懸命に生きてゆく半二の姿が描かれる中に、半二が創作した浄瑠璃の登場人物である三輪が半二を語る描写も織りこまれている。浄瑠璃に魅せられた半二を三輪がやさしく見守っているその描写により、半二は偉人ではなく近しい存在に感じられる。大島真寿美が伝記小説を手がけるのは初めてだが、無名の市井人と変わらない感覚で歴史上の人物が描かれていることに驚かされた。

市井の人びとの一生を俯瞰《ふかん》して描くことに定評のある大島作品の、他にないもっとも大きな特徴は、そこに描かれる人生には、不遇はあっても、不幸はない、ということだ。

不幸などというものは、この世に存在してはならない。静助の物語は、物語ではあるが、夢物語であってはならない。たくさんの欠点はあるけれど、浮世ばなれにも見えるけれど、静助のような人が周囲に支えられて生きていけるのが良い世の中ではないか。『空に牡丹』には、そういった大島真寿美の強い意志を感じる。人間というものに対する、大きな信頼と希望が、ここにはある。

多幸感の作家・大島真寿美の、会心の一作だ。

（八重洲ブックセンター営業部　書店員／うちだ・としあき）

山下 清
「両国の花火　Fireworks, RYOGOKU」
油彩　1955年　600×720

本書のプロフィール

本書は、二〇一五年九月に、単行本として小学館より刊行された同名小説作品を文庫化したものです。

小学館文庫

空《そら》に牡丹《ぼたん》

著者 大島真寿美《おおしまますみ》

二〇一九年六月十一日 初版第一刷発行
二〇一九年八月四日 第二刷発行

発行人 飯田昌宏
発行所 株式会社 小学館
〒一〇一-八〇〇一
東京都千代田区一ツ橋二-三-一
電話 編集〇三-三二三〇-五八二七
販売〇三-五二八一-三五五五
印刷所 ―― 凸版印刷株式会社

この文庫の詳しい内容はインターネットで24時間ご覧になれます。
小学館公式ホームページ http://www.shogakukan.co.jp

ISBN978-4-09-406649-4